虚拟世界

瀑流

朱朱莉 著

竹和松出版社

出版：竹和松出版社（Zhu & Song Press）

Zhu & Song Press, LLC

North Potomac, Maryland

责任编辑：朱晓红

责编信箱：editor@zhuandsongpress.com

封面设计：竹和松传媒

出版社网址：www.zhuandsongpress.com

印刷地：美国，英国

发行：全球（中国大陆除外）

ISBN-13:978-1-950407-25-5

ISBN-10:1-950407-25-X

关于作者

朱朱莉，生于七十年代宁波，科幻小说家。现居美国华盛顿地区。爱好文学，传媒，编程。中国科学院天体物理和乔治华盛顿大学工商管理双硕士。曾任国内知名教育门户网站信息发展部总经理，也曾任美国著名报业集团高级软件工程师。有多篇长中短篇科幻悬疑推理小说发表。出版有长篇小说：《虚拟世界 瀑流》、《半夏星球》，中篇小说：《杀人机器人》、《机器人总统》、《他人地狱》、《机器人保镖》等，短篇小说：《初恋情人》等。并有《机器之城》等科幻小说集出版。

朱朱莉的科幻作品曾在豆瓣取得 8.6 的高分。多部作品入围豆瓣科幻类征文大奖比赛。每部小说均在海外华人最大门户网站得到很高人次的阅读。朱朱莉的科幻小说集《机器之城》（The City of Robots）曾在亚马逊网站中文小说新书发行排名第一：Amazon #1 New Release in Chinese Language Fiction.也曾很长时间排在亚马逊网站中文科幻小说前五名，而且自 2019 年出版以来一直都在亚马逊中文科幻小说排名前十五： Amazon Best Sellers in Fantasy, Horror & Science Fiction in Chinese.

谨以此书献给

我的父母，女儿和丈夫

我的姐姐妹妹和弟弟

我的老师和朋友们

所有科幻悬疑推理小说爱好者们

所有曾探索外面的世界的人们

目录

彼天神白世尊曰：“友！卿如何度瀑流耶？”

［世尊曰］：“友！我不住不求以度瀑流。”

“友！卿如何不住不求以度瀑流耶？”

［世尊曰］：“友！我住时沈，求时溺。友！我如是不住不求以度瀑流。”

——【相应部】第一经　有偈篇．诸天相应．苇品．瀑流

一．每天早晨跑过窗前的人

朱莉平时不会注意到跑过她窗前的那个人。

她作息有常，生活自律。常常在早晨七点多趴在朝窗的写字桌前写点字。这样写到九点钟，闹钟就会及时响起，提醒她上班的时间到了。

她就职的公司离家近，五分钟的开车距离，路途中不太会有交通堵塞等不可预见的事发生，这一点的便利和确定性保证了她有二个小时的早上写作时间。

但最近不同了。

自从疫情开始，公司都让他们在家上班。除了每星期一的例行部门会议汇报工作进程，其它的工作时间都灵活得很。

朱莉干活以快出名。以前她实习的时候，她的杜克大学本科哈佛硕士毕业的女上司就这样赞过她："No one can compete your speed!"　（没有人能跟你比速度）。

以前去公司上班没有办法，只得坐足八小时，而且还得保留速度，故意拖延进度，否则活早早干完了，干什么去？多干活少干活，一样只是挣一份工资，公司不会因为她多干活而多发她一份工资。

但在家她就可以发挥这个干活快的优势了。一天的活，她花一二个小时时间就能干完，其它的时间就可以用来写作。

所以她不必早起了，每天有的是时间写作。

她原本就不是喜欢早起的人，实际上她喜欢享受，贪睡。

谁不喜欢享受呢？以前是没有办法，只得在早上省出时间来。自律都是因为没有更好的办法。人一天除去做饭吃饭睡觉做必要的家务时间留给每个人的总共就最多只有十二小时，再除去工作时间，如果还想要有点自己的写作时间，只得在早上省出时间来，而且只有自律才能保证有这二个小时的时间。

否则磨磨蹭蹭，懒会儿床，看看新闻，看看论坛，看看微信，二个小时飞一般地就消失了。

现在，她写作的时间就很不确定了。有时候早上一起来就发现已经九点多了，脸也顾不上洗，早餐也顾不上吃，赶快打开电脑，查邮件回复邮件，化一二个小时干完必须完成的工作，她才进行写作。有时候，她会等下午有写作灵感的时候才会写作。

为了让自己工作环境与写作环境区分开来，为了让自己作为打工人的身份和作为写作人的身份区分开来，她写作还是固定在面窗的那间小书房的书桌上进行。而工作则是在主餐厅的大餐桌上进行的。

于是，她开始注意到了这个奇怪的人。这个人不修边幅，头发凌乱，头发长度稍微有点长，像是永远错过了一次理发，不高不矮，四十多岁的模样，肚子有点往外突起，经常穿着的一件黑色的棉质 T 恤有点紧绷。

每次在她写作的时间，那个人总会跑过她的窗前。不管刮风下雨。

以前，因为她写作的时间是固定的，所以那个人跑过她的窗前，她都没怎么注意到这个看上去是那么平凡的一个中年人。也许人家也像她一样有一个自律的习惯固定的跑步时间呢。而那个跑步时间刚好与她的写作时间重叠。

但现在，她每天的写作时间是不固定了，甚至可以说是随心所欲。但那个人还是每次在她写作的时候跑过她的窗前。

朱莉突然心里泛起一阵寒意，突然怀疑自己是不是生活在真实的世界。她是个软件工程师，具体地说，是一个前端工程师。这个现象太像程序里的一个模式，一个简单的条件从句，朱莉甚至在心里自然而然地涌现了一个简单的条件程序块：

```
if(isWriting){
    run();
}
```

从那次产生了异样的感觉后，朱莉多加注意起了那个中年人。还刻意地故意随机地更改自己的写作时间。这一观察，更是把她惊骇了。

怎么可能？不管她怎么变动时间，那个人总会在她写作的时间，跑过她的窗前。而且他跑过她的窗前时，从来都是专心致志地在跑步，不左顾右盼，也不会往她这边看过来。根本就像不知道有她这么一个人的存在，更别说像知道有人在一个窗后的书桌偷偷地谨慎地注意着他。

朱莉生活在一个中产好学区的别墅社区。自从女儿庞蕤考上大学后，庞文彬就回中国工作了。所以宽敞的别墅平时只有朱莉一个人在里面生活。现在因为受疫情的影响，庞蕤倒是回家上网课了。

这是三层的别墅，地下室是走出地下室，庞蕤现在搬去地下室住。地下室有独立卫浴，还有洗衣房，工作室，健身房，是个相对独立的空间，所以她一搬到地下室就不肯搬到楼上来了。

从前院看是二层露出地面，从后院看则是三层露出地面。她的小书房在第二层，即地面层的第一层，天花板上面是第三层的一个衣帽间，小书房的三壁是书架，一个书架上放满了书，另二个书架上放满了她收藏的唱片。唱片太重，甚至把一个在书架下面支撑书架的木条都有点压塌，朱莉只好重新用一个金属条替代下面被压塌的木头支条。

朱莉说不上是老唱片的收藏爱好者，甚至常常为如何处理这么多沉重的几千张唱片而烦恼。买的时候正兴起老唱片收藏热，刚好美国有这个独特的条件，在二手市场出售的老唱片不贵，所以不知不觉中收藏了这么多。放满了整整二面的墙壁。另外一面就是朝着这个窗，朱莉喜欢对着窗外美丽的自然风景写作，所以把工作台转了一个方向，能够面对着这个窗。

这时她又开始写作，而那个长相普通平凡的中年人专心致志地又跑过她的窗前。

二．工作出了点状况

疫情以来，朱莉过了最初的疫情恐慌期后，其实对目前的工作状态反而是更满意了。因为在家工作，使她有了足够的时间来做点写作的事。

"满则损"，古人的哲学思想是多么的精准。正当朱莉逐渐适应疫情期中的生活和工作时，并对目前的生活感到满意时，朱莉的工作出了点状况。

朱莉工作公司 AltitudeX 公司（高度科技公司）主要是做政府合同，在大华盛顿地区，有很多这样大大小小的各行各业的公司依仗着离华盛顿近的得天独厚的地理优势，做着政府合同。意味着靠政府的资金做着只赚不亏的生意。根据拿到的项目大小招相应的人，一旦合同丢失，要不把人员安置到其它项目（如果有的话），要不就裁员了事。对公司来说是不担任何风险，除了资金的回转周期要稍稍长一点之外，也就是意味着最初的起步资金要多准备几个月。

朱莉做的项目是为国家太空军做的政府合同项目。那个项目还是朱莉他们从无到有一点一点地从头创建的。朱莉做前端工程师，这是一个完全是从草案一直到落入并真正投入实际使用的项目。

公司的管理层都觉得这将是一个长期的项目，毕竟这个项目需要长期的维护。朱莉他们都庆幸在不久的将来很长的一段时间，他们将不必为有没有项目可做而操心。目前这项目已经很成熟，修修补补的工作及一些新功能的添加却一直没断过，这个时期是做这个项目最舒服的时期，因为所有功能都是由自己一砖一瓦搭建起来的，从源头开始就熟悉这个项目，所以自己心里都知道哪儿需要一些改正，怎样改正。

突然，有一天在一个普通的周一的例行会议中，朱莉的上司印度裔的帕特尔博士说："国家太空军这个项目的负责人上次问我们，我们是愿意把这个项目一次性出售给他们还是想长久维护这个项目，公司高层决定把那个项目一次性出售。所以这个项目从下个月起就不用做了。所有在这个项目组的人都会打散去加入到别的项目组或去开发新的项目。"

太突然了。政府的合同项目一般不会这么突然改变计划的。

但朱莉也没细想，做新的项目有做新的项目的好处，至少可以学到点新东西。老项目做久了，虽然做着是舒服，但很难再学到新的技术了，到时想要跳槽就得下一番功夫更新技术和知识储备。

然后，朱莉的搭档艾莎，出生于美国的孟加拉国裔人，突然于第二天宣布辞职。而又过了一天，她的妹妹，阿妮卡，也是艾莎的工作介绍人，比艾莎早在公司工作几年，在别的项目组工作但上司也是帕特尔博士，她也突然辞职了。朱莉虽然与阿妮卡接触很少，但却知道她与她先生就是在公司结识，原来是在同一个办公室工作，后来结婚了，反而各自调开了办公室。按说在这个公司工作好多年了，又把姐姐介绍来公司，肯定是因为对公司的前景的看好，怎么突然说走就两个人前脚后脚地都宣布走了。

铁打的公司流水的员工，朱莉早就见怪不怪。尽管心里暗暗诧异。

帕特尔博士说要网上开个 Teams 会议，给艾莎开个告别会。

告别会上，替国家太空军做项目的整个组的人都齐聚在 Teams 会议了。这个时候，为了显示一些同事间的亲切感和家常感，大家都在视频上露了脸。平时，大家都是不开视频的。

帕特尔博士主持了这次告别会，大家都说些祝福的话，开一些善意的玩笑。比如巴西裔的肖恩以前工作时常常给朱莉和艾莎难堪，特别是给艾莎难堪，艾莎刚到公司时，他喜欢给她穿小鞋，做下马威。这时也说了一些好话，比如，说现在她在网络安全方面可以毕业了等等——肖恩一直是主管网络安全这一块的。所以艾莎也说了一些给他的好话，感谢他曾经这么严格地要求她，让她学会了很多。虽然朱莉知道那也只是一些场面话，私下来，艾莎与朱莉不知多少次埋怨过肖恩。

肖恩在公司比帕特尔博士还久，年纪也比他大，职称也比他高，而且也是一个博士，所以对帕特尔博士就比较随意，直呼其名维克兰特，而且往往只简称他维克。

帕特尔博士听到艾莎夸肖恩明显地不耐烦了，打断了她的话。他的视频身后光光的，看上去是一个挺简朴的房子，跟项目组的其他成员们的房子比起来都要看上去简朴逊色。这时候，已经在公司工作了很多年，期间曾调到别的分公司近期才调回来的也是印度裔的老员工拉杰夫可能也意识到了每人的视频背景里房子内景的这个差距，突然无意中说到了一个新信息："帕特尔博士新买了一个大豪宅，三千多平方英尺，很快要搬出去了。"

大家都还来不及祝贺，帕特尔博士突然语调不自然起来，赶紧加了一句："现在的房子也不小，二千多英尺呢。"

大家都没在意这个信息。包括朱莉。毕竟今天的告别会的主角是艾莎。

告别会草草结束了。

直到后来，朱莉想起来，这个信息非同小可。

帕特尔博士四十岁出头，印度读的大学，印度工作了几年，来到美国宾州州大读的博士，家里有孩子三个，尚小，妻子一直没工作，直到疫情前才开始工作，朱莉知道这事是因为有一天，帕特尔博士把他的最小的孩子带去公司，说是今天是他妻子这辈子的第一份工作的第一天，孩子没人带。朱莉估计也不会是什么高薪的工作，毕竟是第一份工作嘛。

帕特尔博士的车子在他们项目组是非常有名的，因为非常旧，是整个公司最破的车。疫情前，也才刚换了一辆车，也还是两手的。他说：他才不会为了车花几万美元呢，何况也没钱。平时聊起来，他都是以穷人自居。以他工作不长的年份，新移民，一个人的年薪养家，家里三个孩子尚小的状况下，他怎么可能有钱买豪宅？何况华盛顿地区这个时候的房价升得很快，普遍都很贵了，怎么他突然毫无迹象地买了一个豪宅？

当然，这是后来朱莉才想到的。实际上，这个信息虽然是存储在了朱莉脑子的一角，但朱莉从来只是把它当作告别会闲聊时获知的一个八卦信息而已。只是因为当时敏感地察觉到帕特尔博士好像不想让他们项目组除了拉杰夫以外的所有其他人知道这个信息而诧异了一下。拉杰夫与他走得近，也是不久前他才把拉杰夫叫回到项目组的。朱莉还为此觉得奇怪呢，把拉杰夫叫回到项目组像是要大干一场的样子，但却突然宣布项目不做了。

朱莉生性敏感。因为这个诧异，她在心里打了一个问号，为什么？因为这个问号，把这个信息存入了脑子的一角，后来回想起来，才知道这是一个解开很多疑惑的一个切入点。

没想到，朱莉的生活从此发生了天翻地覆的改变。经历了无论多么离奇的想像力都无法想像到的一切。这一切一个普通人一辈子连看电影都不能看到的剧情，却让朱莉这么一个普普通通的前端工程师活生生地碰到了。

或许，她只是经历了一场梦。

三．跟踪她的人

正临美国大选年，疫情中整日整夜躲在家里的朱莉，终于在一个中午决定去小区走走，顺便看看小区插的牌子中是支持民主党候选人的多还是共和党候选人的多。

以前，朱莉是很喜欢去小区散步或跑步的。

小区很美，没有美国一般老小区路上到处都是烦人破坏美观的电线杆，柏油马路，两边都是十几米几十米高的大树，那些大树很多都会开花。春天的时候，各种色彩的花树一树一树地开了一拨又一拨，让行走其间的人总不由地产生一种幸福感。

但前一年，一起发生在伊利诺伊州一个中国女留学生因为去看一个出租的房子，路上上了一个陌生人的车而引起的骇人听闻的一桩惨案，让朱莉从此不敢一个人去散步了。尽管她所在的小区是安全的高档中产小区。那件惨案朱莉连想都不敢想，新闻都不敢点进去看，实在是太惨太惨了，她甚至害怕参与任何关于此事的议论，甚至拒绝想起此事，那怕是在梦里。这事成了恶梦中的恶梦，把她对美国已经留存的不多的好感都败坏了。

再加上那时，她的一个出租房出了问题，租户把她的房子烧了，却把她告上法庭，而陪审团居然还判定是她的错，要她偿付租户凭空捏造出来的损失。房子被烧时，朱莉第一件关心的事是租户的人身安全，得到的回复是一切都好。本来，租户只想取回存在车库的东西逃之夭夭，他们没有什么损失，东西基本都抢救出来了，存放在与房子不是连在一起的车库。那时，只想把存放在车库的东西能要回去。两年后，可能见朱莉这边没有任何动静，看来是个好欺负的人，而在美国穷人可以申请到免费的律师，不用白不用，于是找了个律师，倒打一耙，反说是她的错。

这两件事，让她在心里萌生了离开美国的想法，美国再也不是他们之前移民为之寻梦的国度。她想要的安全、友好与公正都已在这个国度找寻无着，让她从此一直在心里物色另一个可以安渡晚年的国家。那个国家也许是一个东南亚的国家，比如泰国，马来西亚，新加坡。也可能就是中国。

朱莉来美国前，曾在网络公司做过编辑，做留学频道，还组织过大型的"我们的留学故事"征文活动，道听途说或阅读到很多留学生写的关于留学美国的文章，除了一开始生活上会艰苦一点，毕竟是在一个新的国度重新开始，困难是难免的，但大多数写的都是美国美好的一面。不止读到过一篇有留学生刚到美国，还没有买车也还不会开车，走路去买菜的路上，总会遇到热心的好心人停下车来问要不要上车送他/她一阵或干脆就送他/她过去。那个伊梨诺伊女留学生肯定也读到过类似的文章，以为碰到了好心人，没想到却是上了黑车，一个万劫不复的地狱。

美国早已经不再是以前的美国了。

记得朱莉与庞蕤刚到美国的时候，庞文彬公司的一个员工让庞文彬带了一袋巧克力和一个小熊玩偶给朱莉和庞蕤，还附了一张卡片，上面写着：Welcome to America（欢迎来美国）。朱莉那时候好感动啊，一个普普通通的公司职员一个普普通通的美国人都这么有素质有教养，愿意为几个新来乍到的陌生人花这个钱费这个心，只是为了欢迎他们来到这个他们为之自豪的新国度，而那些新移民很可能以后会成为他们的竞争对手，抢他们的饭碗。那时候，朱莉认为美国人真大度啊，素质真高，美国梦很值得追寻。

因为疫情，庞蕤也在家上课了。有亲人作伴，心里的安定感强了一些。某天怅然想起好久没有出去散步了，所以就趁中午闲暇时分出去散了散步。

以前她散步会走小路，小区里有一些只能行人而不能行车的小道，鸟语花香，是散步的好路。但现在为了安全着想，她当然就只走大路了。

走在大路上，看看两边房子前插的牌子，看上去像是选民主党候选人的居多，不过也难说，民主党人善于做表面文章，再加上共和党候选人争议很大，好些支持者都不敢公开支持，所以光从插的牌子多少还真说不上支持哪党的多，而且依朱莉在这个小区生活十年的经验，上次碰到的大选年，也是插的牌子民主党候选人的居多，但最后胜出的是共和党候选人。

所以朱莉也只是抱着一种好奇的心看着那些牌子。有的写得有趣，朱莉也不由得会心一笑。

就这么正常地走在大路边上，突然对面开过来一辆车，却是开在朱莉的这一边，按说，对面的车，应该是靠右开，开在朱莉的对面那一边。那车却在朱莉边上停了下来，并调转了车头。接着又在朱莉边上停了下来。车窗里显示是一个壮实带着粗鲁模样的非裔中年男人的脸。

伊利诺伊中国女留学生上了陌生人的车的惨案对朱莉造成的阴影太深刻了。朱莉本能地立即弹开，走到了路沿草地边，敏捷地发现自己正在可以通向人行小道的路边。马上本能地走上了小道，又不能显示自己的警觉心，因为毕竟很大的可能性只是自己受惨案影响过于敏感了，只按着比平时稍稍快的步伐头也不回地散步回家了。

那一次的遭遇朱莉虽然无法作出解释，但还是只是把它当作一件自己作为惊弓之鸟而作出的过度的反应。或许那人只是因为开错了方向，刚好碰巧就在朱莉那儿调头而已。也有可能他只是想停下车来找朱莉问路。

那次散步以后，朱莉有很长的一段时间未出去散步，整天呆在家中，买菜购物都是网购。但很快警觉性消散，她以为只是自己过度敏感罢了。

于是又一次拿着手机出于散步。这次照例还是走大路，走大路总是心比较安心一些。毕竟总会有来往的车辆和行人。原本的打算是绕着大路走一圈的，走到上次碰到那个车子的地方，朱莉稍稍犹豫了一下，要不要走小道？想了想，还是走了小道。小道出来后，还要走一段大道，这时，又会有两个选择，可以顺着大道回家，或者走上另一条小道捷径回家。

这个小区规划的就是这样，大道盘来盘去的，要走很远，但如果走小道捷径，可能很快就能到家。因为房子都是在一个个小道上盘着，从一个房子到另一个房子如果走大道的话可能要走上一阵，但如果抄小道，一下子就到了。

走出那个小道后，她正靠边走在大道上，突然感觉后面有一辆车开过来，本来已经开在她的前面了，突然就在左边靠了边停了下来。人也下来了，是朝着朱莉走来的。这是一个不知是墨西哥裔还是白人的三十左右的小伙子，眼睛里透着一股子阴狠。朱莉的恶梦又袭了上来。朱莉这时已经走过了另一个小道的入口，赶紧快步回头走，走入了小道，并一路小跑起来，没想到，那个人也跟了过来，但跟不了一会，就又往回走了。

走出小道，对面就是家门口，直到进了屋，朱莉的心还在呼呼地跳。

是偶然还是确实是针对她而来的？

那人如果是刚好住在小区那儿，那他的车停的方向不对，他的车应该停在右边才对，因为后来，他是跟着朱莉走在右边的草坪里。即使是他正好住在那儿，如果是因为忘记了一件东西要去拿的话，那他怎么又返了回去。无论怎么解释，如果他不是冲自己而来的，总是解释不通。

但如果解释成他是冲朱莉而来的，那一下解释通了。那时刚好四下没有其他人，如果朱莉依然朝着大道走的话，刚好就是落入了他的手。那个中国女留学生上了陌生人车的恶梦又浮了上来。但更合理方便的解释是，那个车本来是想来撞她的。而且也把上次散步碰到的另一个车的奇怪行径也可解释了。另外那辆车本来也可能是要来撞她的，只是被她敏感地避免了。

撞了她会怎么样？那时四下无人，没有一个人证明这是一件有意而撞的还是只是一个意外事故，很大的可能只会被认定是个意外事故而不了了之。

但朱莉普普通通的一个前端工程师，普普通通的一个中产，有什么需要针对着她做这些阴谋呢？

而且她相来与人为善。从来都会给人留三分面子，不把别人逼到绝路，也不会让别人下不来台。即使那个出租房的官司这么欺负她，她也只是产生了逃避的想法，三十六计，走为上，既然这个国家已经不再是让她感到愉快的国家，不再是欢迎她的国度，不如就离开了这个国家另找新的家园。

她在中国高科技公司做部门总经理的时候，曾经遇到过网络泡沫破灭，公司大规模裁员，别的部门都是鸡飞狗跳，很多员工走前都会写一封 email 发送给全公司员工，在信里把自己的部门经理大骂一通（那时中国找工作不需要推荐信推荐人，所以员工走都要走了，根本不怕得罪昔日上司，而且刚好借机泄愤。搞得那些经理人狼狈不堪。有些员工甚至添油加醋透露了以前其它部门员工根本不知道的经理人的秘密和不堪的往事，让留下来的员工们私底下偷笑不已。）只有她的部门，大家都是友好的分手，因为朱莉在裁员前，已经把能为部门员工所做的工作都做了，甚至好几个被裁的人都允许他们在找到了下家后才真正离职。只有一个前员工，后来在他们公司做的新一期大学排行榜下面，指名道姓地骂她：说朱莉做的大学排行榜是做得越来越差了。其实那一年的大学排行榜不是由她负责的，她就是那年离开中国来美国与庞文彬团聚的。而那个员工，也只是因为当年朱莉给了他一个口头警告，自己辞职走的，估计虽然是自己辞职，还是心有不甘吧。朱莉也没生气，指名道姓地骂她，毕竟也说明自己在业界还是有一定的名气的。没有一定的名气，也就没有必要指名道姓骂她了。

她出生平凡，父母都是最普通不过的农民，也没很多文化，虽然也算是江南地区富裕的农民，但一没权二没势，朱莉从小到大，所见都是父母给有权有势的人家去送礼，以图些在工作上生活上的发展和方便。以至于朱莉平生最讨厌的事情就是给人家送礼。

各种沙盘推断，又都一一否决。在美国，朱莉只是一个普通的第一代移民。如果在中国的话，也许还能算得上一个精英，未到三十岁就已经是一个高科技公司最大部门的部门总经理，有一个专门的助理，这应该算得上是一件成功的事吧。手上有一点点的权力，再怎么谨慎行事，总还会有得罪人的地方，比如，再怎么谨慎，不是也有那个前员工在网络上借她大学排行榜越做越差的名头指名道姓地骂她吗？

但在美国，做着一份养家糊口的工作，每天上班下班，上班看经理脸色，下班看孩子脸色，忙着生活上种种琐碎，过着一个典型的中产生活，实在是普通得不能再普通。就是真想得罪人都没机会可得罪呢。即使得罪人，大不过是说话不够婉转罢了。夹着尾巴做人，某天尾巴夹得不够紧，得罪了人，是存在这个可能性。但怎么就到了要借机除了她而后快的地步？

凭是她这么聪明的人，都想不出一个有人要害她的理由。

朱莉这个擅长推理逻辑的理科生，被惊吓了，也被困惑了。难道又只是自己过于敏感了？

四．准备安装无线视频监控器

朱莉没法从自已身上找到可能受人关注加害的点，就把范围扩大。她怀疑这二起跟踪事件不是针对她，而是针对整个华人。

这么一来，就比较好解释了。

首先，这解释了：为什么是在路上偶遇到此事？因为如果是针对她的话，那一定是有计划了，首先得确定是她这个人。通过什么确定是她这个人呢？她能想到的就两个可能：一个是通过容貌。另一个是通过对她的手机定位。

她那时用的华为手机，是庞文彬有一次从中国回美国时，送给她的。她其实一直都用 iPhone 的，但 iPhone 的电池坏了一个又一个，她也因此换了一个又一个的 iPhone 手机，都是老版本，有的是庞文彬和庞蕤淘汰下来的，有的是她上网买的二手的。

那次 iPhone 手机电池坏的时候，因为她还需要手机作公司电脑的登陆用途，所以临时应急，刚好手头上有庞文彬送的华为手机，所以就用了华为手机。庞文彬原来在中国工作时，就是在华为公司工作的，研究生毕业前就已经与华为公司签定了三年的工作合约，华为公司招他还得交给国家一定数额的教育培养费的，因为那时候的研究生都是免费上学的，是国家出钱付的学费和住宿费甚至生活补助费，所以大公司招人，都得交还给国家一定的教育培养费。小公司可能就没那么正规了。他是履行完了整整三年的合约才出国工作的。所以对华为的产品还是挺有感情。送了她一个多出来的华为手机，也是有对华为的感情在里面。这个手机在朱莉工作的公司 AltitudeX 公司的 IT 部门登记了的。包括华为手机的 Id，Mac 号码等等，公司都有记录，朱莉甚至认为 IT 部门还记录了不应该记录的信息，因为朱莉那时对手机啥都不懂，完全是把手机相关信息都展示给了 IT 部门相关负责的人看的，他们需要什么信息，随便记录。当然以前的 iPhone 手机也是登记记录了的。

刚进公司的时候，公司还不用在手机上安装 App 作安全登陆用，但随着公司越来越大，安全方面的要求也就越来越多了，就还要求手机作验证。

朱莉心里想：其实作为一个公司的员工，在公司里是一点隐私都没有的。公司不光知道你的社会安全帐号，甚至连你的手机具体信息都全部掌握的。

本只是想临时应急，朱莉喜欢 iPhone 的设计，特别是白色的那款，她从来不买别的颜色的 iPhone，为了能保有原来的设计，她甚至拒绝用手机壳保护手机。直到一个 iPhone 因为摔了而把屏幕摔碎了。但 iPhone 也有个朱莉认为很不好的地方，就是自拍照片总会把人拍得很丑很暗，看上去脸色很不好，而华为在这点就强多了，所以每次拍自拍时，又希望自己手上的手机不是 iPhone。特别现在社交网络发达，朱莉的朋友们经常会发自拍照上朋友圈，所以拍照功能已经成为一个手机很重要的功能了。再加上因为疫情，突然公司就都在家上班了，也不方便再去买个 iPhone 手机再联系 IT 部门的人提供新手机的信息，替换了华为手机。所以本只想临时应急的，结果华为手机成了她最重要的一个手机了。不光工作上要用到相关的 App 验证密码，朱莉的买菜 App，银行 App，社交 App，亚马逊 App，等等都装在了华为手机。

对于手机介绍这么多，是因为朱莉后来怀疑是因为她所用的手机而有人要对她除之而后快。

当然，那时，她还只是怀疑到是针对华人的群体：

如果是针对她个人，那么，应该是她一在小区散步，就有人跟踪了。但那两个人分明是碰到她以后，才采取行动的。

所以，她觉得如果把针对的对像扩大到整个华人群体，甚至亚裔群体，就好解释得多了。

首先，那时美国大城市已经发生很多次针对华人及亚裔群体的种族仇恨犯罪。另外，她所住的小区华人多。如果有人专门针对华人的话，那在她所住的小区转悠，就很大概率能碰到华人。再次，这解释了那两个人为什么见到她后才采用行动。因为见到她，就能够立即知道她是华人，至少知道她是亚裔。

这个推测让她不敢再出去散步了。天生带着一张亚裔脸，这是没法避免的。所能做的就是提高自己的警惕性。

在出现两次疑似跟踪事件前，朱莉就已经在家里安装了一个 WI-FI 监控器，那是一个才二十多美元买的很轻便的监控器。最初朱莉没有安装监控器，而是在门口贴了"二十四小时视频监控中"的贴纸，只作恐吓作用而已。那个监控器买了有一阵子了，一直没安装。直到有一天晚上半夜。

那时，已经有一阵子了，她看到自家路对面的那家菲律宾裔的邻居好像好久没住人了。而有一天晚上，她无意中看到，一个鬼鬼祟祟的人骑着自行车，到了对面那家人门口处，把车靠在她门口的大树上，不知道在干什么，突然，对面那家的自动灯大亮，那个人立即骑上自行车飞一般地跑了。

那件事后，朱莉就把那个很便宜买来的监控器装上了。一来，买来的东西终于用上了。二来，门口贴的"二十四小时视频监控中"不再只是恐吓，而是确实有二十四小时视频监控了。再者，来她家的人能看到那儿确实有一个摄像头，至少可以起到一定的安全防范作用。

安装完不久，就发生了这么二次疑似跟踪事件。朱莉正心里想着是不是再买个监控器，因为那个监控器的镜头范围不够宽，只能够录到前院左边的那部份，右边的那部份则是录不到。

然后，又发生了一件奇怪的事。

那天，她听到有人按门铃，通过视频回放看了看，是一个面孔阴郁的年轻人，他开着一辆白车，开过来，径直停在她家门口马路靠近朱莉家车道那边，然后手里拿着一个手机，走到监控器的时候，用眼睛直接看了看摄像头，又注视着一下手中的手机，直接来敲她家的门。手上没有任何广告单。车子也是普通的车，没有印有公司的名字。朱莉不知道他既不是来送货的，也不是来发广告单的，他到底是来干什么的？所以她没有开门。只见视频中的那个人，回到白车后，很快就开走了。这说明，他来的目的，只有一个：那就是只是来找她家的。而不是像推销员会挨家挨户地敲门。

朱莉把这段录像专门存了下来，保存在手机里。

如是只是发生了这么一次，那也罢了。过了大概一星期，又是那辆白车，又是那个人，又是手里拿着个手机，又是从录像回放中能发现他又是径直就停在她家门口马路靠车道处，直接来敲门。见没人应门，又是直接回到白车后开走了。

这是怎么回事？那人分明是冲着她家来的。他既不是推销员也不是发传单的。没见他在任何其它邻居家停留。径直来找她家，没开门就径直离开。

而且这是第二次了，而且是同一个人。

这一系列发生的事，让朱莉不再掉以轻心。

是针对华人，还是就只针对她家？她也一时不能再分辨清楚。只知道，最近发生的事情不寻常。事出反常必有妖。到底发生了什么事？她对监控的视频查得更勤快了。特别是每天早上醒来，总会把当天晚上发生的事大致看一下。

白天家里有人，她的写字桌又直接对着窗，即使在大餐桌上工作，也是面向着窗的，所以没看录像也没问题。但 她总不可能晚上整夜熬夜观察动静吧。

不知是因为她最近频频查看视频录像的缘故还是怎么回事，那个很便宜买来的监控器的软件突然也有怪事了。

一天，她照常点开监控软件，想查看一下前晚监控录像里有没有录到奇怪的事。结果那个监控软件打不开，不光打不开，监控软件不断在跳出警告：我们这个监控设备只能当玩具用，不能用作监控证据，如果您发生了什么危险，甚至涉及到生命危险，我们一概不负责任，您必须点击同意书才能使用我们这个监控软件。

朱莉一阵毛骨悚然。

就好像在警告朱莉她最近将会有什么危险，甚至是涉及到生命的危险，而他们监控软件是一概不负责的，他们的监控设备只可以作玩具用。

"TMD 什么玩意儿。"朱莉心里骂了一句。这个监控设备确实挺便宜买来的，但朱莉毕竟也是花了这个钱的，没有谁想买来一个监控设备来当玩具玩的。

经过这一系列的惊吓，朱莉发觉有买一个专业的监控设备的必要了。

那个便宜的监控设备的软件如果不点同意书看来是用不了了。但朱莉肯定不会点同意书，只要没点同意书，那真的如有什么事情发生，那监控设备的公司应该也是要负责任的吧。

而且那个监控设备只能监控到房子前院的左边，右边部分监控不到。无论如何，她都需要添加一个新设备。肯定不会再添加一个买来只能让当玩具的监控设备了。而且朱莉再次查看那种监控设备的购买链接，发现点赞最高的评论说，这个监控设备因为用到 Wi-Fi，而且要求输入 Wi-Fi 密码，很容易被人盗用了家里原 Wi-Fi 网络，甚至被盗用身份帐号。

朱莉联想到那个开白车的人两次专门来敲朱莉家的门，眼睛却一直盯着手机，还时不时盯一下摄像头，搞不好就是来偷 Wi-Fi 密码的。虽然朱莉不知道如何实现这一点，但她心里总摆脱不掉那人是带着阴谋来专门找到她家的想法。

朱莉想好了，新的监控设备必须不是用 Wi-Fi 的。因为用 Wi-Fi 的监控设备还有一个缺点就是一旦设备没连接 Wi-Fi，或者一旦家里 Wi-Fi 出了问题，那监控设备也等于起不到监控的作用了。

买个无线的吧，朱莉自认为是个好主意。任何时候都可以用。也不用担心被人盗用 Wi-Fi 密码。

朱莉没想到她从此与怪事结缘了。一个怪事接着另一个坚事。一个无法解释的事接着另一个无法解释的事。

连亚马逊帐号都出怪事了。

用在华为手机里安装的亚马逊的 App 进去搜索页面。页面会闪啊闪啊一个劲地闪。如果它总是闪倒也罢了。有时却又是正常的，但每当朱莉要搜索监控器或计算机时，它的屏幕就一个劲地闪。而且里面产品的评分也都很怪，比如某一个销售监控器的公司，一看总体评分，挺好的，好评率 100%，但点进去看详细的评分，明明最近很多只打分一分。无论如何都不可能是 100%的好评率。就好像那些字数都是临时被改变的，就为了让朱莉能买它。

而且这些怪现像也不是出现在每件产品中，只有当搜索那些电子产品的时候，才会出现那些怪现像。

非常令人困惑，也非常令人不安。

就好像有人在监控她的一举一动，一行一言，有人侵入了她的手机，有人侵入了她的手机中的 App，而且有人可以随心所欲地改变呈现在她眼前的一切。

更令人迷惑的是，当她用手机里的 Google 的 Chrome 浏览器搜索自己当地的天气预报 Chrome 搜索的结果也令人不安：她所在的城市叫 North Potomac，但 Chrome 搜索的结果总是显示 NO POTOMAC。太怪了。没有一个城市叫 No Potomac 的。换成别的浏览器搜索，比如用 Microsoft 的 IE 浏览器或 Edge 浏览器搜索，都是正常的显示 North Potomac。令她对于 Google 的 Chrome 浏览器也失去了信任。

不管那么多了，朱莉还是经过深思熟虑决定买一个贵些的专业一些的无线视频监控器。共化了朱莉四百多美元，是朱莉心里能买得下手的最高价位了。

买来后，倒是没有立即安装，因为朱莉手头上没有墙壁上可打洞的工具，其实庞文彬是留下了很多工具应该能找到打洞的工具的。但朱莉从来没用过那些工具，也不知道该怎么用，所以买回来后，那个高级的无线视频监控器又躺在抽屉里了。

直到后来，公司上发生的一些事，让朱莉最终决定用它。没想到，那个监控器不光没给她带来安全，反而带来了更多的危险。

五．奇怪而无趣的新职位

朱莉本来以为她会很长时间地在国家太空军的 App 项目工作，App 虽然已经完成，但是后续的更新版本，Bug 修改，原功能的维护都需要一定的时间，而她作为项目从无到有的建设者，唯一的前端工程师，对项目最熟悉的人，肯定会一直做这个项目的。连 AltitudeX（高度科技）公司的 CEO 以前也都是这么认为的，还在疫情前专程去过朱莉所在的办公室并开玩笑地说："祝贺你们获得了一个长久工作的保障和安全。"

没想到，一瞬间，项目就不做了。项目组的人也都走的走，做别的项目的做别的项目。朱莉也被指派到一个别的项目。要用一些新的开发工具和语言。

朱莉在 Indeed 网站查了查那个要新学的语言热不热门，发现整个大华盛顿地区，只查出来几十个职位，说明这个语言已经过时，学会这个语言对朱莉以后找工作一点好处都没有。

朱莉原来是用 Angular 架构，Angular 热门，而且因为 learning curve（学习波）大，会用的人却并不多，所以会用 Angular 的人最起步的年薪至少也有八万美元。保证了朱莉可以在市场上拿到一个很稳定的高薪职位。虽然比不上大厂，但总能比一般的职位工资高些。像朱莉现在就已经能挣到六位数的年薪了。

而且新项目组的人员水平性情也是参次不齐，特别是项目组的头，詹姆士，看上去是一个专横而不友好的人。

新项目组的人都是以前不认识的，公司现在又都在家工作，所以现在所谓的认识也只有通过网络会议上显示的各自头像了。

朱莉很快判断出在新项目上做，对她未来的发展不光没有好处，而且只有坏处，用过时的语言只会让她对 Angular 越来越不熟悉，而过时的语言并没有多少新职位可供她选择，反限制了她的发展。

虽然朱莉早就把工作当作一件挣钱养家糊口的手段，而不是事业。但如果新工作会影响她以后挣钱养家糊口的能力，那她也是无法忍耐的。

朱莉想起她原来太空军项目组的一个台湾来的六十岁姓陈的同事的话，他劝她乘年轻，还是要去大公司工作。

姓陈的同事，英文名彼特，原来当过大学教授，教计算机，但后来由于发现工业界挣钱更快，而回到了工业界，曾在 Aol.com 工作过，后来 Aol.com 大规模裁员，他也是其中之一，被裁员后，就来到 AltitudeX 公司工作一直工作到如今。他教过书，育过人，又做过普通员工，对职场是有一定的见识的，现在又到了六十岁的年头，所以作为过来人，他的经验对朱莉来说非常有益。

他说："现在亚马逊在我们华府地区开了一个新分部，接下来几年一定会在大华府地区大肆招人，这是一个好机会。你要去试试啊。"

那时，亚马逊在大华盛顿地区开了新的总部，在维州那边，倒是离马里兰朱莉生活的地方远，如果不堵车的话，大概得要三十五分钟的开车距离。但一旦堵车，可能一个小时都到不了。朱莉以前也曾在维州工作过，早受够了来回上班路上的堵车。

但他劝她还是要去亚马逊工作，他说："你现在还有闯劲，还年轻，要一直往上走，往前冲，不要停下来，否则太晚了，会后悔的。像我现在就太晚了。"

又说："以后有机会还要自己开公司，你看，我们这家公司的老板就是个女的，这个公司几十年下来，她是发了财。现在她的女儿女婿都在公司工作当VP，其实什么都不管的，照常领高薪，如果你创业成功了，你女儿的工作也不用愁了。"

陈彼特为人谨慎，少言寡言，背后从不说人长短，与公司打扫卫生的关系都很好，动不动跟那个墨西哥裔的清洁工学几句西班牙语。是个有名的老好人。见识不算广，但也是有些的，而且一旦认为自己的经验对于后辈如朱莉是重要的，却是从不吝赐教。

朱莉在那个公司工作的最大的收获就是遇见像他那样的同事，会把自己人生的经验教训无私地传递给她，让她走上更好的路。朱莉虽然心想："那你六十岁也不算很老啊，也可以奋斗啊，现在奋斗怎么会已经来不及了呢。"但对于陈彼特以其六十岁的阅历传授给朱莉的经验却是诚心受教的。并且为她有这么一个好同事感到感动。

树挪死，人挪活。朱莉决定重新找新工作。而且这次的目标是像亚马逊一样的大公司，"大厂"。

六．突然变得很热门

朱莉有点自信心爆棚了。

因为她发现各个"大厂"都想要面试她。这让她这样一个半路出家的前端工程师有了一种受宠若惊的感觉。

难道自己的能力确实到了受各个大公司青睐的时候？

都说骑马找驴容易，但如果丢了工作或者先辞职再找新的工作就会变得非常难。也许她目前的"骑马找驴"就是她受到各大公司青睐的一个重要的原因。因为她手头上还有工作，她只是想跳槽。

想到这一点，朱莉明白那个奇怪但无趣的工作这个时候还必须得维持下去，至少得维持到她找到下一个工作。

朱莉心里早有目标，她希望能进微软公司。因为她听说，微软公司工作最轻松，是最适合"养老"的"大厂"。而且在朱莉看来，微软公司现在有网络及桌面软件两边统吃的趋势，一旦进入人工智能时期，网络公司可能会些微下去，而像微软公司两边统吃的公司却会有很好的前景。

微软公司的工作多不是远程工作，远在西雅图，而华盛顿地区的工作一般都是些做政府关系的工作，没有适合她的。

朱莉还没有想过搬到别的地方，毕竟如果要搬到别的地方，还要重新租房什么的，这些额外的开销一增加，那工资就要打折扣了。再说，她在华盛顿地区已经有现成的自住房，还要照顾几个出租房。

所以她想找找微软公司的远程工作机会。搜出的可以远程工作机会非常少，唯一与她的工作对口的是一个网站开发的工作，用的语言也是已经不热门的语言，Asp.net。但毕竟是大公司，进去了，自然有机会学到别的。再说，即使没有机会学到别的，那做着一份轻松的网站开发的高薪工作，"养养老"，自己私下里学习一些新的技能，做些自己独立开公司的准备工作，不也是一件美事吗？

所以朱莉还是对那个工作挺感兴趣的。于是投了简历。没想到微软公司很快就有反应了，而且一听朱莉还投了Google、亚马逊、Facebook的工作后更是加快了面试的进程。

很快就约定什么时间通过什么网络链接进行线上面试。

疫情期间，一切都从网上进行了。链接自然也是发到朱莉的 Google 电子邮箱的。

疫情期间找工作，说方便也方便，说不方便也不方便。

因为既然在家工作，请假就显得有点不寻常。又才刚开始骑马找驴，不能让骑着的马知道自己已经开始找驴要替代它。而且如果现在就开始请假，到时不知还要请假多少次。

所以朱莉没有请假，而是选择了一个中午的时间进行视频面试。那个时间照常规是她正在吃午饭和午休的时间，AltitudeX（高度科技）公司的同事们不太会怀疑她其实省下吃午饭的时间在做面试。

朱莉后来后悔，第一个投简历的公司不应该选择自己最想去的公司。而是应该尽力把这个最想去的公司的面试往后推，等面试了几个自己没那么想去的大公司再来面试自己最想去的公司是最好的。

因为朱莉已经在这个 AltitudeX 公司工作了快三年，面试的技能面试的流程都已经不熟悉了，相应的知识点都还没准备得很充分。

哪怕是最有经验的软件工程师面试前也要更新一下储备的知识的，何况朱莉这种半路出家，又是从前端入手的软件工程师。

从不那么热衷的公司入手面试，可以更新自己的面试状态，在失败中总结经验，到自己最想去的公司的面试时，就能作好充分的准备。

但朱莉又想到，其实自己的每一次面试新公司，都是准备得不充分的，每次都是公司看好了她的潜力，以及她的临场发挥或"狗屎运"带来的新工作，或者在面对面的面试过程中，让面试人觉得她不会侵犯到面试人的地位，人看上去又聪明又愿意学习和合作，喜欢上她这个人才给的 offer。所以朱莉从来没试过手头上有几个差不多的 Offer 等着她挑的高光时刻，每次都是有且只有一个心里还算比较满意的 Offer。拿到就从了，也从来不跟公司再谈一轮涨工资的事。

微软公司的面试本来进行得很好。与前面几个面试人都聊得很愉快，看样子，他们都挺喜欢她的。朱莉心里有一种对这个工作渐渐有了把握的感觉。欣喜一阵阵袭过她的心头。去大公司"养老"的愿望，看来要实现了。

特别是其中一个面试人，疫情期间，因为微软也可远程工作了，他在海边租了一个房子，阳台的外面就是一望无际的大海，他还通过视频让朱莉看了看美妙的海景，开阔的海岸线，听到有小鸟的叫声和海风的声音，还跟朱莉说，微软公司的福利非常好，医疗保险都是最好的医疗保险，有了它，全家看病不用自己再掏一分钱。

这对于朱莉这个有些小病小痛，基本每年都要拜访一次急诊室，每次都要为医疗保险额焦头烂额的人来说，是个莫大的安慰。

而且听他说，微软公司工作和生活的平衡很好。看来，微软公司确实是名符其实外界传言的"养老"公司。有工作的保障，有最好的福利，最好的医疗保险，工作轻松，工资高，这样的工作难道不是朱莉最想要的工作吗？

但到了第三个面试人，朱莉的电脑开始出了状况。

最开始还不错。第三个面试人虽然面相不善，神态冷漠，但聊起来后，也开始变得有点友善，以前是在亚马逊工作的，当朱莉问他更喜欢在亚马逊工作还是在微软工作时，他虽然没有直接说亚马逊公司的坏话，但对微软去是褒赞有加，对亚马逊公司则说了希望亚马逊公司能尊重工程师之类的话。好像他在亚马逊是受了一点气的。这也与朱莉道听途说的亚马逊公司对员工苛刻、不太尊重员工的信息相符，更坚定了朱莉要进微软公司工作的信念。

第三个面试人是面试相关的技术知识，还好，都是一些网站开发前端的基本知识，比如现场写出一个可提交表单，现场写出一个页面的前端代码。算是朱莉最熟悉的领域。但是，朱莉的电脑突然变得很慢，慢得连打一个字母都要等上半天，而且根本没法运行代码，更别说线上 debug 了。

第三个面试人不耐烦了。说："我面试别人从来都没遇到过这种情况。"

他这么一说，把朱莉搞得更紧张了。

朱莉赶紧调出笔记本电脑的任务管理器，看到所有的内存都占满了。看到进程里有很多个 Teams 开着。其中一个 Teams 有名字，是她上司帕特尔士博士的名字。

朱莉这个半路出家的前端工程师，根本是不懂计算机的，这时候就不知道如何才好。

但凭着她的聪明，却隐约猜测出，她这场网上 Teams 面试，好像是有很多的人在她的笔记本电脑上旁观着。那些人可能都是通过 Teams 在观看她的这场面试，那些人把她计算机的所有内存都占满了。

是谁知道她的这个面试的？Teams 的面试链接是通过 Google 电子邮箱发送给她的，原则上只要知道那个链接的人都可以进入这个面试。

看来，朱莉 Google 的电子邮箱是已经被人侵入了。是谁侵入了她的电子邮箱？为什么有人会关心她一个普通的前端工程师的电子邮箱？

而且不至一个人。

但朱莉唯一能确认的人，是她的上司。因为有着她上司帕特尔博士的名字 Teams 就明明白白在显示在她的笔记本电脑的任务管理器上。

因为这个技术的故障，微软公司的面试失败了。

朱莉愤懑不已。

本来，她是非常有希望进入微软这个著名的公司"养老"的。

没想到她的上司帕特尔博士是一个卑鄙小人。他监视她的工作，还是有一点点可以理解，很多公司其实都在私下监视员工工作的，但她现在已经被他换到新的无聊的项目组，现在她的直接上司也不再是他了，他为什么还要监视她的工作？而且正是因为她现在做一个无聊且技术过时的项目，她才想到找新工作的。

他是怎么得知她面试的链接的？

凭着朱莉对计算机肤浅的知识，她也不知道在任务管理器里看到他的 Teams 名字，是否一定说明他在监视她的面试？很可能他没有进入她的面试链接，但他在监控她是基本可以确定了。如果他在监控她，他能进入到她的笔记本电脑，那他应该知道她公司邮箱的密码，而朱莉那时到处都得用那组密码，因为她为了防止自己忘记密码，她是任何地方都只用那一组密码。如果他知道她公司邮箱的密码，就可以凭那个密码进入她私人 Google 邮箱。那个私人邮箱也就是最初与帕特尔博士联系 AltitudeX 公司工作时用到的邮箱。

不过，这个怀疑有太多的推测成份在里面了。

另一个她能想到的能进入她的私人邮箱的只有她的丈夫了：庞文彬。

庞文彬当年想回国发展，说走就走，根本不顾及朱莉在美国一个人如何生活如何面对家里一大摊子事的问题。没想到，他走时不顾及朱莉也算了，还好意思监视她呢，看来他不光监视她在网上都在与谁聊天，还监视她会不会出轨，会不会给他戴绿帽吧？

他有什么权利这么做？？？

说不定他不光监视她上网，他还在家里隐蔽地方藏有视频监控器监控她平时的行动呢，看她有没有带陌生人回家什么的。

想到这儿，朱莉怒火中烧。决定立即找他对质。

一定是他，是他造成她的笔记本电脑技术故障，使得朱莉的面试失败，使得她没能去成自己最想去的高薪又"养老"的公司。

如果他知道朱莉的私人电子邮箱密码，朱莉是不会惊讶的，毕竟，她只用那一组密码，那一组密码也同样用在她的银行账号，里面包含有一组朱莉和庞文彬当年约定的数字。所以他如果知道朱莉的电子邮件密码真是太正常了。

七．庞文彬说他没有监控她

庞文彬一口否认他在监控她。并冷漠地说："你脑子是不是出问题了，整天疑神疑鬼的。是不是得了更年期综合症？"

对于他的否认，朱莉当然是不信的。

这么多年与他生活的经验告诉她，他越是否认得彻底，特别是越是为了证明他清白，反过来猛烈地攻击她，越是说明他有问题。监控的行为他当然不会承认。但居然攻击她脑子出了问题，这太过份了。

更何况他作为电子工程师，对于那些电子设备可是熟悉得很。

何况他曾经跟他说过，他私下里在视频录制中国区原来经理的言行。他说中国区的公司勾心斗角，那些经理欺负他是新来的，处处给他设陷井，他自然也得防着些他们一些。既然他能对中国区的经理做监控的事，自然也能对她做监控的事。她那时候听他说起来的时候，心里就曾滑过这个念头，不过那个念头只是在心里存了一下，就冲走了。因为她那时真觉得他还没到会做出监控她的程度。看来还是把他想得太善良了。

朱莉向来不是好脾气的人，再加上他当年说走就走回了中国在她心里积累下来的失望和冤恨也是于日俱增，当即在电话里大发脾气。

朱莉一发脾气，气不打出一处来，在电话里一顿咆哮，一并把他当年说得好好的，等孩子大了，一起到处去旅游，结果孩子一上大学，自己就跑到中国的行为也指责了一番，这一顿咆哮，气没出，反而把自己给气得直发抖。

从庞文彬口中没有确认他在监控她。但这丝毫没有减轻她的疑心。放下电话后，她把自己房间的角角落落都搜查了一番，把所有连接的可疑的电线都拨了。只有一个床头固定的插座，因为是固定在墙上的，朱莉试了几次没法拨掉。

那个固定的插座平时里一直闪着光，有能用来充手机的充座，也有一些插口。

朱莉设法回忆最初是什么时候这个固定的插座出现在床头的。肯定不是他们刚搬进来的时候就有的。记忆中好像某一年，庞文彬在黑色星期五买来的安装上去的，但因为当时根本没有重视这件事，所以记忆也变得不那么可靠了，什么时候装上去的自然也无论如何都无法确定。

朱莉走下楼去。看到厨房靠近微波炉的那儿放着一个室内视频监控器。那是多年前家里进了小偷后安装的。

多年前的那次小偷事件现在想来，也彼有诸多可疑之处，因为小偷虽然把家里三层翻了个底朝天，但是什么都没偷走，唯一怀疑的是一瓶或两瓶香水消失了，而且也仅仅只是怀疑而已，说不定是自己用完的那一瓶或两瓶香水。除了那不可确定的一两瓶不贵且不是什么名牌的香水，家里似乎什么都没有丢失。但放各种文件的柜子都被翻得厉害，小偷分明根本不想跑个空趟，但却什么都没带走。而那一二瓶香水也只是一个礼物包中的其中一二瓶而已，一个礼物包一共六瓶香水，只剩下四瓶。其中一瓶印象中好像庞文彬打开用过。但印象也不是很确切。但即使打开过，好像只打开了一瓶，如果只打开了一瓶的话，那么其实只被偷了一瓶香水，如果印象是错误的其实一瓶都未打开，那么是二瓶香水不见了。但如果其实是自己打开了二瓶，那么其实连一瓶香水都没丢失。如果连一瓶香水都没丢失的话，那就是说小偷是跑了一次空趟。另外还有怀疑的是一个母亲以前送的手镯朱莉一直没戴收了起来，但却也找不到了。但那个手镯朱莉曾经有次想戴后，也找了很久没找到。说不定只是朱莉自己藏丢了。

而且朱莉所住的小区 Sunset Valley（日落山谷）是个好学区，很安全。朱莉他们完全没想到在这么好这么安全的小区里也会进贼。

怎么进来的呢？好像是地下室忘关门了。想起来，右手边邻居那些天都在做一些院子清理活，有一些外来的人员在院子里干活，说不定是他们其中的一个看到他们地下室门没锁就临时起意进来偷点东西。

再想起来，被偷的前几天有听到自己房子靠近右手边邻居的那面墙那几天一直有哗哗啦啦的响声，好像有人拨弄墙边花草树木发出的声音。有一次，声音太响了些，庞蕤都听到了。说："什么声音？"但朱莉当时也没上心，大概还是鸟们动物们弄出来的声音吧。

朱莉报了警。警察来后，一番调查取证，建议他们在室外安装路灯，室内安装监控录像。那个视频监控器就是那时候买的。一并买的还有一个后来安装于朝向后院门边的报警器，但那个报警器老时发出错误的警报，不胜其烦，所以不久就把它停了。

所有这些监控或报警设备都是庞文彬在搞。实际上，家里所有的电器设备都是他在负责，虽然朱莉自己原来也是学物理的，但一方面朱莉对那些电器类都是不感兴趣，另一方面，庞文彬本科也是学的物理，研究生又学的电子工程，自然对那些电器类更加在行，何况庞文彬动手能力强，所以自从朱莉嫁给庞文彬后，所有有关电的，有关硬件的活都是庞文彬在做。不光如此，家里的财务也都是庞文彬在打理。朱莉一点都不感兴趣付信用卡账单银行报税等等这些事务，所以乐得轻松。

那次家里进贼事件后，朱莉曾接到一个自称为警察的短信，说他们在邻社区抓到了一个贼，并发了一些珠宝的照片给朱莉看，问这里有没有朱莉家丢失的珠宝，因为朱莉上次失窃事件中报告说有可能有一个镯子失窃。朱莉为人诚实，看了看那里面的珠宝照片，没有母亲送她的那个镯子，就老实说没有他们丢失的珠宝。

现在朱莉看到那个视频监控，想着庞文彬都是可以凭着这个视频监控器了解家里的情况的，因为这个视频监控App是安装在他的手机上的，而朱莉却是没有可能看到这些视频的。有了这个视频监控器，庞文彬是可以大致了解朱莉在家的情况的，所以也许确实没有必要再在房间装一个监控器了。也许朱莉确实是太多疑了而错怪了庞文彬。

朱莉想了想，还是把那个视频监控的摄像头转了一个方向。这样她在厨房做菜做事，就不必出现在庞文彬的视频监控镜头里了。

朱莉很失望，进微软大公司挣高薪又养老的美梦被面试途中莫名其妙出现的电脑故障问题搞黄了。

只得寄希望于其它的大公司的面试了。其它大公司的面试都不如微软友好，微软的一个视频面试就包括了整个面试的行程。而其它大公司都是先电话面试再正式面试，虽然都远程了，电话面试和正式面试都是视频上进行的，但他们还是要分来了，电话面试就是远程视频面试，但面试人的脸部可以不出现在视频里，正式面试也是远程视频面试，但面试人的脸部必须出现。更有的大公司在那两种面试前，还有一个网上编程考试。

朱莉看到这些繁杂的面试过程就头痛，又一次怨恨那些不知是谁在她微软公司面试的过程中把她的电脑搞出故障搅黄了她的面试的人。心里想来想去最可疑的还是庞文彬和她的上司帕特尔博士。帕特尔博士都已经把她支去做一个不重要而且技术落后的项目了，而且项目的领导人也不再是他，他怎么还要这么惦记着朱莉呢。这是朱莉无法搞明白的问题。但是朱莉的笔记本电脑任务管理器上，明明就出现了他的名字，他的 Teams。他这个时候无论如何都不应该出现在她的笔记本电脑里的，因为她目前所做的项目已经与他无关，而且，她是中午时间牺牲了吃饭时间作的面试。那个时候不是她的工作时间，而是她自己的时间，最重要的是，她用的是自己的私人笔记本电脑作的视频面试，而不是她平时工作用的笔记本电脑。

这么一想，帕特尔博士太可疑了。庞文彬如果监控她毕竟还只是可能监控她的私生活。而帕特尔博士这个时候没有任何出现在她私人笔记本电脑任务管理器上的理由。

为什么他的名字他的 Teams 会出现在她的私人笔记本电脑的任务管理器中？

八．可疑的帕特尔博士

如果帕特尔博士的名字出现在朱莉的另一个笔记本电脑的话，那朱莉还是可以猜测到他的目的，因为朱莉用她的另一个笔记本电脑远程登陆到公司网站工作的。帕特尔博士可能就在监控着所有手下员工的工作情况。

但是，朱莉的面试完全是在自己的笔记本电脑里进行的。虽然用于工作的笔记本电脑也是她自己的电脑，但那个电脑因为一方面电脑里有自己很多的私人文档，没有在家办公前，朱莉都是用那个笔记本电脑做自己的私人工作的，包括写作。另一方面又用于工作，突然在家工作后，自然而然地用起自己的笔记本电脑用于工作，而没有想到要把公司工作用的电脑与自己用的电脑分开来。也是因为以前没有经验。但那个工作与私人混用的电脑出现了几次奇怪的现像后，朱莉一直是想把私人用途的电脑与工作用途的电脑分开的。

这次决定骑马找驴找新工作后，朱莉就已经决定买一个新的笔记本电脑，用且只用来找工作。因为只打算用它来找工作，当然就决定买一个最便宜的。

朱莉原来的笔记本电脑贵。加上税花了一千多美元买的，这对于朱莉来说已经是算很贵的笔记本电脑了，因为原本是纯粹只用它来做写作和出版用的。但 AltitudeX 公司在冬天极端天气无法去公司上班时，朱莉也偶尔用它来做远程登陆作工作用途。朱莉是有一个台式的电脑的，但那个电脑太老旧了，非常非常慢，因为里面装有一些必用的软件，比如 Office 及 Photoshop 朱莉还一直没法淘汰它，而且里面存有很多老照片。只有必须用到那些软件时，朱莉才会用它，平时就用那个一千多美元买的笔记本电脑。疫情突然发生后，他们都在家上班。AltitudeX 公司本着尽可能节省成本着想，没有发给他们公司的电脑，朱莉自然而然用它做公司远程上班用途了。

虽然一直对把私人用途的电脑与公司上班混用让朱莉很不舒服，但当初没有分开来后，想要再分开来就要额外地花很多精力和时间，要与公司的 IT 部门沟通等，朱莉怕麻烦，就一直将就着用它。

但自从远程工作一年来，那个电脑发生了一些匪夷所思的事情后，朱莉开始不再信任它。找新工作开始后，甚至停止用那个电脑做自己的私人的工作了，包括写作。只想等找到新工作了，把那个电脑与 AltitudeX 公司相关的软件都删除了后，才重新拿它来做自己的私人用途。

想想自己在 AltitudeX 公司最多计划再呆三个月半年，在三个月半年里应该能找到新工作了。到时那个笔记本电脑又都可用来作私人的工作了。半年不算长，忍一忍就过去了。

但要找新工作，既然抱着骑马找驴的想法，当然不想让公司知道她在找新工作，所以在亚马逊买了一个属于最便宜一档的笔记本电脑，加上税三百块美元都不到。

没想到连新买的笔记本电脑都会出现帕特尔博士的名字。

他到底是谁？如果监视她工作用的私人电脑还有那么一点点合理性的话，监视她新买的完全用作私人用途电脑，那是无法原谅了。

而且，他怎么知道她新买了一个笔记本电脑？他怎么能进入到她新买的笔记本电脑？

其实朱莉当初决定专门买一个新的笔记本电脑用于找工作，其中一个原因是工作与私人混用的那个贵的笔记本电脑已经出现了很多起奇怪的事情。

有一次，朱莉收到了一封由一个视频网络会议软件发给她的信，信上是确认她于某日与国家太空军政府部门的相关人员的会议日期及链接。按说，朱莉是不可能收到这种信的，因为与太空军政府部门的相关人员开会都是帕特尔博士他们的事，她只是一个前端工程师，所有对前端需求如何改正，添加新的特色需求都是通过帕特尔博士转达的。她从来没参与过与太空军相关人员的接触。

唯一一次的接触，是太空军那个项目组的其中一个人员大卫刚好来东部出差，顺便拜访了一下他们公司的这个项目组成员。太空军政府部门在佛州，大卫好不容易来东部出差开会，刚好有时间，所以就来实体接触一下实际做项目的组员们。而那一次，帕特尔博士却刚好不在。他们项目组的其它五个成员与太空军政府部门来的大卫拍了一个合照。五个人中，有三个人是大卫以前从未见过的，其中包括朱莉，艾莎和陈彼特。肖恩与许峰则是跟帕特尔博士一起去佛州出差过。大卫对朱莉，艾莎和陈彼特说："以前只听到帕特尔博士提到过你们的名字，这次终于见到你们了，真高兴。"

大卫是一个看上去健康充满活力的三十多岁的帅小伙，因为来自佛州，感觉他身上自带一身佛州的阳光，通体尤如写着一个大写的"正派"两字。看上去这么让人舒服的小伙子现在好像是不多见了，朱莉在心里感慨了一句。

见了面拍了合照后，肖恩和陈峰就带大卫去吃了一个饭，也没有邀请朱莉他们三个，他们自然也没有跟着去。

所以朱莉看到那封信的时候，确实是非常的吃惊。而且照那封确认信的意思，朱莉还是会议的发起人，那更是不可能了。第一、她根本没有发起过这样的会议。第二、她根本不认识他们，唯一见过一次面的只有大卫。第三、以往都是帕特尔博士在发起这类会议的。第四、她只是属于项目组里面的前端工程师，根本不涉及到任何核心和安全的方面，所有到前端的数据，理论上都已经是不涉及安全的数据了。那她该如何来解释她收到这么一封确认信呢？这封信中涉及的人员都是太空军政府部门的具体的人员，不可能是垃圾邮件。

凭着朱莉的聪明头脑，唯一能解释得通的就是：帕特尔博士冒用了她的帐号，没有及时地退出，他以为自己已经在用自己的账号在发会议邀请了，结果因为还没退出她的帐号，所以朱莉收到了确认信。

这个解释把朱莉惊吓住了。帕特尔博士为什么要冒用她的帐号？但因为涉及的会议事关政府部门，是大事，朱莉也不敢在还未离职前得罪她的顶头上司，只是把那封信转给了帕特尔博士，只是说他是不是发错了信，按理，她是不应该收到这封信的。朱莉左思右想，要不要把信也抄送一份给 IT 部门，最后，不想把事情搞大，她没有把转发的信抄送一封给 IT 部门。

帕特尔博士没有回信。甚至绝口不提那封信的事。

远程工作，互相都见不到面，无法猜测他收到她转给他的信后的表情。

但是按那封信中内容，朱莉应该通过那个会议链接参加那个网络会议的那一天，朱莉家的网络断了。是彻彻底底的断了。甚至连电话都没法打出。

网络哪天都不断，偏偏就在那一天断了。

还好，朱莉的手机服务商不是 Verizon，否则在这个网络年代，如果家里网络与手机网络都用一个服务商的话，网络一旦中断，都没法与外界联系上了。朱莉用手机打 Verizon 的电话，电话也打不通，打了不知道多少遍，没有一遍能打通的。朱莉赶紧通过手机上公司的网络 email 邮箱，给帕特尔博士请假今天不能工作了，因为家里网络断了，没法远程登陆公司入口。又发邮件给 IT 部门说自己家的网络断了，座机都打不了。用手机打服务商的电话也一直打不通。IT 部门回复说，Verizon 这几天东部的网络大面积中断。朱莉心有安慰，心想那看来是凑巧了。

但朱莉随后再打 Verizon 的电话，又是自动的接的电话，说她家所住位置的网络是正常的，是朱莉设的防火墙造成的，但朱莉这一二天根本没有动过防火墙，怎么偏偏这个时候防火墙造成了网络中断。而且自动接的电话说："我们正在给你的防火墙修复。"按电话里说的话，是应该修复了。但朱莉的网络还是不通，座机还是打不出去。因为不是人工接的电话，朱莉也不知道具体到底是怎么回事。

然后，到了下午五点以后，网络神奇地自己好了。什么都好使了，网络，电话。那个时间，刚好是那个朱莉收到的神秘的信中所言会议结束的时间。

然后，朱莉接到了帕特尔博士的 Email，问她网络好使了吗？这个时间点也赶得太巧了点。

如果这一系列的事件解释为：是帕特尔博士进入她笔记本电脑的防火墙并给她设置了防火墙，以至于她不能有机会通过点击那个链接参加那个他不小心没退出冒用她的账户而发起的会议，那就能完全能解释通她的那次遭遇了。

很多时候，一个能自洽圆满地解释得通的推理，恰恰就是事实发生的实情。

那么这一次，这只是她的一个推理，还是实情呢？朱莉没法知道。

朱莉能知道的是：帕特尔博士是一个非常可疑的人。

九．不顺利的"大厂"面试

微软的面试因为技术的故障而失败后，后来的"大厂"面试也都很不顺利。

"大厂"是华人圈对于高科技大公司的戏说。因为华人程序员都戏称自己"码工"，与流水线厂房里打工的工人们只是分工不同，性质是差不多的。码工们是在 IT 技术这条"流水线"上勤勤恳恳地做编码的工作，跟工地里搬砖，码砖的工作类似，是不过码的不是现实的砖，而是虚拟的数字的程序的砖。

说自己在"大厂"工作，是有点自嘲的意义。但钱却是实实在在的。在"大厂"能挣的钱是一般公司能挣到的钱的几倍，朋友圈里不乏有现实的例子，比如朱莉张姓朋友的儿子藤校未毕业就在大厂拿到了总共四十万美元的工作包，又比如朱莉董姓朋友的老公跳槽去了某大厂，工资立即翻了二倍。又有传说在华尔街做矿工的（Quant 方面的工作，与"码工"对应，被戏称为"矿工"）更是赚得多，轻松上百万的都有。

种种的实例或传说，把朱莉的心也说得痒痒的。不顾自己是半路出家，也要试一试。

所以，这次朱莉打算找大公司的工作，一方面则是接受了陈彼特的指教，另一方面是受朋友圈那些成功实例的刺激。

在大厂工作，认识的都会是领域里拨尖的人才，又能拿高薪高福利。再说朱莉现在对自己的能力也比较自信了，自然想挑战一下"大厂"。

确实跟以往不同，这次所有申请的"大厂"都对她的工作申请有迅速的回应。包括 Google，亚马逊，微软，Facebook 等。有的如微软早早就定下了面试。有的则先定下线上电话面试，有的先定下了网上的编程测试。

但是，"好的开端是成功的一半"，反之，"坏的开端是失败的一半"吧，微软公司面试的失败，引起了一系列大公司的面试失败。

也怪朱莉准备得不充分。以前的面试都是先电话面试，在电话里面试人会问一些技术性的问题，只要口头作答就行了。而且网上有很多电话面试的面试题可以准备。

以往，朱莉的电话面试都很难成功，有时候是因为朱莉的语言问题，英语的表达能力毕竟还是不够强，这在电话面试里就会很吃亏的。有时候是因为对方的英语问题，印度裔的面试人有时候口音很重，在电话总是听不懂他们到底在说什么。有时候则是因为朱莉的编程能力问题，毕竟是半路出家，而且没有过系统性学习，都是看到工作要求什么技能迅速自学速成的，难免对一些需要比较多的计算机基础的问题摸不着头脑。但是，每次总能运气好，撞到一个在电话面试时只问一些初步的问题的电话面试。而朱莉的到场面试的成功率就会比较高。因为有时候面试人见她虽然基础知识不太扎实，但人聪明，学习能力强，综合考虑一下也会给她职位的。

但那几个大公司的远程第一次电话面试则都已经需要上机当场做考试题。在面试的时间里如果来不及做完那些考试题，那是毫无通融的余地。

以往的面试经验竟然统统都用不上。

面试了一圈，朱莉才明白进大公司不是想说进就能进的。那些进大公司的人无一不在面试方面下了一番苦功夫，刷了无数的题。她一个半路出家的，想不刷题与那些计算机专业毕业的人竟争门都没有。

而且，远程电脑面试过程中，朱莉的电脑总会出现一些平常见不到的故障，总要因为排除电脑问题花去了差不多面试一半的时间，好几次连一个问题都还没答，面试时间就结束了，而面试人分配给她的面试时间是有限的，人家下面还按排有别的面试呢，不可能会给她额外的时间。

朱莉的那个专门买来用作面试用的私人笔记本电脑不知怎么了，一到面试时候就掉链子，让朱莉有一种有人存心不让她有一个好的面试的感觉。又因为前有微软面试电脑问题的阴影，让朱莉总摆脱不了自己的电脑被别的什么人控制了的感觉。

而朱莉毕竟还有全职工作，每天不可能花很多时间刷题。朱莉通过一番面试，认清了形势，如果过不了编程考试关，就不用想着去大公司工作了。这时安下了心，决定先刷题三个月半年的，暂且在 AltitudeX 公司做一阵无趣且技术过时的项目，等刷题准备得差不多了，再面试那些大公司不迟。

正当她决定安下心来，再好好工作三月半年时，工作又有了新的变故。

树欲静而风不止啊。

十．换电脑带来的意外

朱莉的二个笔记本电脑及家里网络遇到的各种奇奇怪怪的事，终于让朱莉心生了换一个专门用于工作用的笔记本电脑的想法。

而且上一次才花了不到三百美元就买到了一个专门用于面试用的笔记本电脑，可见，再新买一个专门用于工作用的笔记本电脑成本也并不高。

那天朱莉用于工作的私人电脑又有新状况，慢，网络连接到公司的 VPN 常常莫名自己断开，想再连接上，却告诉她已经有人连接上了。通过 IT 部门终于解决了这个问题后，但发现当天的 Teams 会议，朱莉没未法打开话筒，说是话筒找不到，所以当天会议就只能听，不能说了。

原来本就因为出现了这样那样奇奇怪怪的事情，而让朱莉怀疑那个笔记本电脑是受人监视的，所以已不敢再拿它用于私人的工作。但那个笔记本电脑里有很多平时需要用的软件。这让朱莉左右为难，也不免在心里抱怨 AltitudeX 公司太唯利是图，都不给每个员工配备一个公司的笔记本电脑，这样就可以让朱莉把公司的工作与个人的工作分开来。

于是，借着那天出现的新故障，向 IT 技术支持人员吴涛抱怨。吴涛说让他登陆到朱莉的笔记本上看看，于是朱莉给了吴涛的全部访问权限。吴涛进去看了一下说：
"你的电脑里还有Linux 系统啊。"

朱莉说："根本不可能啊。我的笔记本电脑原来就是私人工作用的，哪里可能有 Linux 系统，我也根本不知道什么 Linux 系统啊。"

吴涛态度立即大变，不敢多说什么了，只说：那他也不懂了。朱莉私下来猜测，可能他认为这个 Linux 系统是他们公司别的工作人员偷偷安装在她的私人笔记本电脑里的，这种做法当然是违规的，所以他也不敢吱声了。

吴涛又说："而且你的电脑里开有几个 Teams，你开那么个多 Teams 干什么？还有，你有笔记本电脑自带的摄像头和话筒，你怎么还用了一个别的话筒？你把别的 Teams 都关了吧，把别的话筒也关了试试。"

朱莉说："我也不知道怎么会有好几个 Teams 开着，也不知道为什么开了几个话筒，我这个笔记本电脑现在除了工作用，什么私人的工作都不敢用的啊。除了项目组或公司开会，我也从来不用 Teams。"

朱莉没有任何专业学习过计算机知识，编程是自学的，而编程只要用到一个文本编辑器就行了，她对计算机的知识其实是非常缺乏，一听到什么话筒、Teams、Linux 系统只觉得头痛。就不能让她好好地单纯地工作吗？但从 IT 技术支持工作人员吴涛话语中的态度中，朱莉也基本上证实了她的这个用于工作的私人笔记本电脑看来是确实受人监控着。特别是朱莉知道公司可以通过 Teams 来操控她的笔记本电脑，现在吴涛也证实里面开了几个 Teams，几个话筒，难怪她的 Teams 找不到话筒了，因为她的话筒都被别的 Teams 用了。而且现在又出现 Linux 系统这事，好端端的，从未安装，她的笔记本电脑怎么会出现 Linux 系统？

细思极恐。

也不知该说什么，吴涛倒是像知道些什么，但也不敢多说。只是催促朱莉在 IT 部门写一个 ticket。朱莉只知道这事不是他干的。但是不是别的 IT 人员干的就说不上了，既然他能知道她笔记本电脑里的这些状况，遥控她的笔记本电脑，说明如果是他在她的笔记本电脑里做这些事，比如安装 Linux 系统，他也是能做到的。那别的 IT 人员也能做到。甚至可能不是 IT 人员也能做到。

朱莉也不敢告诉他有一次在另一个她的私人笔记本电脑的面试过程，在任务管理器的进程中看到了她上司帕特尔博士的 Teams 出现在她那个新买且不用于工作的私人笔记本电脑中。毕竟人还在 AltitudeX 公司工作，还未找到新工作前，还是要保证老工作的职位的，万万不可造次随便指责上司监控自己的私人电脑。

就问吴涛能不能从 IT 部门领一个工作用的笔记本电脑专门用于工作。只说这个私人笔记本电脑有好些私人的文件和安装有一些需要用的软件，但因为现在这个笔记本电脑用于工作了，而影响到了她私人用电脑。

吴涛说：需要把她在公司的台式电脑上交才能领到笔记本电脑，可台式电脑就是朱莉远程登陆到公司工作的实际电脑，里面有原来给太空军所做的项目代码，不知到时会不会又要回去继续做。而且朱莉对电脑不熟悉，又怕电脑一变动，造成不能工作了，那这个疫情期间，朱莉又不想亲自跑去公司，到时就会比较麻烦。

把这顾虑与他一说，而且又说：她只想要一个独立的笔记本电脑，只用于远程登陆到公司的电脑即可。

吴涛表示理解，说："那你要不要我的一个旧笔记本电脑？"

朱莉说："是公司的还是你私人的？"

他说："是我自己的。你拿到后重新格式化一下就可以了。"

朱莉说："如果是公司的，那当然是好，但是是你私人的，那就算了。"

吴涛说："公司的笔记本电脑我倒是也可以帮你申请一个，但是你到时必须来公司办理领取手续。"

那时，正值疫情还很严重的时候。庞文彬已经好几次提醒她，他的公司美国总部又有人得新冠了，让朱莉平时不要出去，注意安全。所以朱莉自然很顾虑这个时候还要去公司交接电脑的领取手续。

更何况自己本来就想走了，如果按她的计划，三个月内找到新工作的话，那么三个月后，她就要去别的公司工作，领取电脑面对面办一次手续，到时退回电脑又要面对面办一次手续。麻烦不说，还存在着疫情期间的感染风险。

而要吴涛私人的笔记本电脑的话，那肯定不是免费的，即使人家提出免费给，她也不好意思要的。何况照朱莉对吴涛的了解，他也不可能免费给她一个私人的旧的笔记本电脑。

吴涛是台湾来的，娶的老婆却是朱莉的老乡宁波人。而且无巧不成书，疫情前朱莉参加的一个书画班里也有他的老婆。而且听他老婆说她已经参加那个书画班有五六年了。书画班是一个香港来的马里兰大学退休教授办的课。

吴涛平时常对朱莉发表一些有涉种族歧视的话，比如什么什么人种智商不行，笨得要死，什么什么人种懒，什么活也不干什么的。朱莉初次听得非常不安，因为她知道在美国特别是在美国的公司，这是一个非常敏感的话题，就提醒他最好不要在公司说这些。

他说："在我们公司说没事的，再说，我说的中文，他们又不懂中文。"

自此后，朱莉对他的言论就不再发表自己的观点，他一说这些，朱莉就借故忙，不再聊下去了。

但他已经在工作公司十几年了。而且儿子女儿都被他介绍到公司实习，有什么话说什么，不遮着掩着，倒也活得好好的。

人长得很矮，五官很奇怪，朱莉第一次见他的面，就觉得这人真是长得少见的丑，再加瘦小，五短身材。等见到他的老婆后，心里暗暗奇怪他老婆为什么会看上他。宁波人，江南女子，他的老婆就算在宁波这个到处都是江南美女的城市也能称得上长得中等偏上，后来在书画班里聊起来，家里家境应该也不差，就更想不明白当年为什么会嫁给这么一个其貌不扬的人。

一朵鲜花插在了牛粪上。是朱莉最直观的想法。

但他老婆却分明非常受用的样子，常夸他体贴，温柔。确实他每次书画班结束时，就会出现在那个华人活动中心的大厅等着接他老婆。他老婆总要选择这个时候来与朱莉告个别，朱莉也总会不失分寸地及时夸上她老公一句。

有一次朱莉书画课结束得早，他老婆还没出来，朱莉就在大厅与他聊了几句，说："你好体贴啊，每次都来接你老婆。"

他说："别提了，让她自己开车，开着开着就不知开到哪里去了。我接她还省些油钱呢。"

有一次，疫情前，在公司朱莉遇到了电脑密码几次登陆失败而不能再登陆的问题去找他，还没进门，就听见屋里传出有一个女的用尖刻的声音咆哮地用中文骂他，都让朱莉能听到骂的是什么内容，他是用听筒听的，没有按免提，可见骂的声音之大，通过听筒的声音都能传到门口。

朱莉犹豫了，这个时候好像不是进去找他解决问题的好时机。只听得只有女的高声骂他，而他只有唯唯诺诺地发出单声："对。""好。""嗯。"一句回骂都没有。当后来朱莉认识他老婆后，自然知道骂他的声音就是他老婆的声音。看来，他在老婆面前确实态度是很好的。

他见识短，但因为干的 IT 行业，大概不缺钱，所以常常喜欢以一种自得自足的神情评论他人他事，评论的前提是他深信自己是对的。

那时候台湾正在举行选举。他就对蔡英文非常不满，说："我一见到那娘们，就知道那娘们不好。"

既不说为什么觉得她不好，也不说她哪里不好了。但只要他觉得她不好，那她一定就是不好了。因为他知道他都是对的。他找的工作是对的，他找的老婆是对的，他生的一男一女两个孩子是对的，他就凭什么会看错人呢？

因为朱莉知道他为人见识短又自信自己永远正确，所以早早就知道离他不要太近，因为她既不可能从他那里学到什么新见识，又不耐烦听到他自以为是有时候不免有点敏感和危险的高论。

这时候，当然也不想从他手中拿到一个哪怕是免费的私人的笔记本电脑。

但与他的交流中，让她作了一个决定：自己再买一个便宜的笔记本电脑，只用于工作用，不装任何其它软件，只装远程登陆到公司所需的软件就可以了。

朱莉花钱不吝啬，该花的钱花钱大方，但对不该花的钱，则是能省就省。这笔钱属于不该花的钱。如果公司没有那么小气，给他们每个远程工作的员工每个配一个笔记本电脑，就根本不会有要用私人笔记本电脑用来远程工作的问题，也不用再买一个笔记本电脑用于面试。更不用说，现在还得再花一笔钱买一个笔记本电脑用来私人工作与公司工作彻底分开来。

但目前状况下，朱莉不得不考虑再买一个便宜一点的笔记本电脑，只用于远程登陆到公司电脑。即使被监控着，那也由着他们监控去好了。因为那个笔记本电脑将是一个什么都没有的，空的电脑。工作时间，她将不用那个笔记本电脑做任何别的事，甚至连上网查看天气都不会查。不工作时间，她就关闭那个笔记本电脑。而过了三个月，她找到新工作了，自然也就摆脱了那个廉价的公司，也摆脱了任何被他们监控的可能。

不知是朱莉这时因为怀疑自己受人监控疑心造成的，还是确实又发生了不寻常的事，当朱莉用她的在华为手机上安装的亚马逊软件选购新的笔记本电脑时，每当她搜索一些品牌的笔记本电脑，那个页面就会不停地闪烁。就像是活的一样。

真是一件怪事接着另一件的怪事。

朱莉手头上已经有一个 Dell 及 HP 的笔记本电脑，朱莉这次想买一个新的品牌。既然美国牌子的笔记本电脑都发生了一些奇怪的事，朱莉这次想买一个不是美国品牌的。又根据价格，朱莉只想买一个二百美元左右的笔记本电脑，这个笔记本电脑朱莉已经想好了，只会安装一个 WI-FI 及一个远程登陆 AltitudeX 公司用的软件及一个开会要用的 Teams，其它什么都不会安装，也不会在上面干任何别的事。这么一个空电脑，谁想监控就让它监控去吧。

等她找到新工作后，她可以把那个笔记本电脑格式化，然后就可用于私人工作了。

所以这个要买新的笔记本电脑任务非常单纯，就是临时用作工作用。这样也可以把她的花了一千多美元买的 Dell 的笔记本电脑重新回收，完全删除工作用的软件，而可以重新用来作自己的私人工作了。自从朱莉不用那个原本的私人笔记本电脑后，给她的私人工作带来了很多的不方便。

根据价格范围和品牌限定，朱莉很快就定下来想买的笔记本电脑将在一个中国大陆的品牌和一个台湾的品牌之间作选择。

买哪一个笔记本电脑呢？朱莉想近期出现的种种奇怪的事，有可能其中一个原因是因为在公司登记的手机是华为手机。目前美国政府事实在抵制一些中国大陆的品牌，特别是针对华为，中兴。就算朱莉再对政治漠不关心，也已经风闻了很多关于对华为与中兴的一些争议和风波。所以谨慎起见，还是不买中国大陆品牌的笔记本电脑了吧，而且那个品牌的评价也不太好。所以最后选了一个台湾的品牌。

买了台湾的这个品牌后，就去问那个来自台湾的 IT 技术支持工作人员吴涛，要装的工作要用的 App 是自己直接去下载还是通过 IT 部门的链接去下载？吴涛问了她买了什么品牌，朱莉告诉了他。他说："幸亏你没有选那个大陆的品牌，我们原来那个 VP 李先生买了一批那个品牌的电脑，我们现在都要把它们都替换掉。虽然我们现在还没对私人用于工作的笔记本电脑品牌做出限制，但以后也是有可能要做出限制的。"又夸了一下那个台湾的品牌，说听说评价不错。又问了一下价格，一听才二百美元，说真是太便宜了。

在新的笔记本电脑里只安装了上公司电脑必须要用的 VPN 软件，及相关的软件，其它的什么都不装，连浏览器都用自带的 Edge。朱莉也不再改动电脑里的隐私设置，原来还会把比如摄像头话筒什么的设置改一下，现在什么都不变，心里准备好了被公司监控得底朝天。反正那个电脑只用于工作，什么私人的工作一律不在那个笔记本电脑里进行。

朱莉也准备好了找到好工作后立即跳槽走人，一天都不会多流连。这个公司从让员工用自己的电脑工作及对员工的私人电脑监控方面已经把朱莉对那个公司原有的所有的好感都消失了。再加上工作用着过时的技术语言对找新工作没有丝毫的帮助，更坚定了做满三年就立即跳槽的决心。

离满三年只剩一个月多的时间了。挨过一天是一天。

新笔记本电脑毫无疑问也是被监控着的。这可是全新的电脑啊，装了工作所需用的软件后，一开机，屏幕就会呼呼呼地跳出几个黑色的程序运行窗口，然后又一个个快速的消失。

真是够莫名其妙的。

但朱莉不再加以理会了。朱莉甚至不在新的笔记本电脑里用外设鼠标。因为前一阵在怀疑自己电脑被监控时，她曾搜索了一下相关的知识，说是外部的人甚至是可以通过鼠标来操控笔记本电脑的。

凭她一鳞半爪搜索到的知识，她虽然无法拼凑出为什么通过外设鼠标可以远程操控笔记本电脑，但至少明白了多用一个外设的设备多给人家一个操控电脑的途径。

在新笔记本电脑还未启用，老笔记本电脑出现了故障无法上网的周末，还发生了一件事，这件事当时只是觉得奇怪，后来回想起来才觉得那也是一件挺关键的事。所以在说到用新笔记本电脑工作前，先把这件在老笔记本电脑出现状况同时新笔记本电脑还未收到时发生的一件事详细地来叙述一下。

十一．又一件怪事

原来用的笔记本电脑在 IT 部门的同事吴涛检查出来装有 Linux 系统后，在那个周五早上，用那个电脑就没法登陆到公司电脑了。朱莉通过手机，跟吴涛说了一下，又告诉他她新买的笔记本电脑应该周一就能用了。

但当天朱莉也就没法工作了。这造成朱莉不知道怎么记录工作时长了。

说是八小时都在工作吧，其实是没法工作的，因为没法远程登陆到公司的电脑，实质的工作还是在公司的电脑上工作的。但是说是没工作吧，这又不是她过错造成的，她是想工作的，可是登陆不上公司的 VPN。而且因为现在登陆不上公司的 VPN，意味着填写工作时间表得通过自己的网络直接登陆，一方面是因为朱莉不知道这个时间该怎么填写，填请假又心有不甘，毕竟不是自己不想工作的，是客观原因造成的。另一方面朱莉不想通过自己的私人网络登陆工作时间表填写页面填写工作时长，更何况明明知道自己的那个笔记本电脑在被人的监控之下。

这两方面的原因考虑，使得朱莉没有填写当天的工作时间。好在，填写工作时间表还是有一定的机动灵活性。过一二天再填问题也不大。

所以等周一安装完专门用来工作的新笔记本电脑后，朱莉想做的第一件事，就是去填写工作时间表。她想好了，星期五当天就填请假得了，反正她有的是有薪假期。而且因为周六刚好是月中，工作时间表不光要填写，还要签字的。这非常重要，直接关系到这个月发工资。周一填写已经迟到了，周五时没意识到已经周中了。但是用公司 VPN 登陆后，发现没法填写。能登陆，能看到，但就是没法填进去字。奇了怪了。明明能登陆，就是不能填写。而工作时间表除了自己填写还要上司帕特尔博士审批的。这个工作时间表只有自己、上司及会计人员能看到的。

所以朱莉马上发邮件去跟公司的会计托德说了此事。会计托德一收到电子邮件，立即回复朱莉让她打电话过去。

朱莉立即给他打电话，听到托德设置录音的声音。原来这通电话还要录音的。看来相当重要，以后可能要当作证据用的。

朱莉把相关情况说了一下。会计托德说：他查过了，发现周五的时间，她已经填了，而且签了字！

这根本不可能啊，周五朱莉因为网络原因根本上不了公司的 VPN，IT 部门可以作证，因为她把情况报备给吴涛了。而且她也根本没填时间表，更不用说签字了。就是因为没填没签字，她才这么着急着装好新笔记本电脑后第一件事就来填时间，签字。

朱莉说：周五是因为她的笔记本电脑根本连不上公司的 VPN，她根本没填周五那天的时间表更不用说签字了。朱莉能感觉到托德被吓到了的样子。

他在电话里沉默了片刻，连忙又问："那你周五是还在继续你的项目的吧？"

朱莉当然知道他的意思，AltitudeX 公司做的政府合同，如果朱莉少报时间上去，损失的是公司向政府能拿到的钱，而朱莉自己反正能用有薪假期顶一下的。考虑到连接不上公司 VPN 也不是她的错，她主观当然是当天想工作的。朱莉就说："项目当然还在做，但如果星期五当天填成有薪假期也行。"

她可不想为了一天的工作时间承担以后说不清楚的责任，可要把这点说得清清楚楚，更何况托德现在正录着音呢。

托德说："在做项目，那当然算做项目了，不能算假期。"

他继续说："可能是因为你的系统正更新中，等第二天就好了。"

朱莉说："那你能否把我今天的时间表也填一下，因为我今天的时间也是没法填的。"

托德说："好的，今天的我帮你填一下。"

第二天，朱莉还是没法填表，朱莉又去找托德，让托德把这第二天的也帮她填一下。

托德说："我这儿显示都是好的啊。你再等等吧，明天应该就好了。"

直到第三天，朱莉发现她重新能填时间表了。

这件事情的发生，朱莉更坚信自己的帐号被人冒用了。而最大的可能性就是她的上司帕特尔博士。除了她自己，只有她的上司有权审核她的时间表，有权签她的时间表，也一定只有他能设置她的权限。否则还有谁呢？肯定是他冒用她的名字帐号填了并签了她的时间表，所以导致她本人反而不能填写时间表了。

再加上上次她收到的以她名义发的而其实只可能是帕特尔博士发起的政府项目的网络会议，更坚定了朱莉怀疑她上司冒用她的帐号在做些她所不知道的事情。

他可以冒用她的账号，那他有没有可能冒用其他人的帐号呢？这么一想，让朱莉更是不寒而栗。

想起每次开会，原来组里的人如肖恩，陈彼特，许峰等虽然头像都会出现在那儿，却是始终一声不吭，在这么个疫情期间，大家都在家远程上班，如果他已经炒了某个人，但仍然假装有那么一个人还在继续工作，冒领那个人的工资，是不是也是一件很容易而不被人察觉的事？

这么一想，不知怎么着，朱莉就回想到了那次同组里的女同事艾莎离职时开网上欢送会时，后加入的同事拉杰夫提到的一条信息：

帕特尔博士新买了一个大别墅。

这条信息突然进入到朱莉的脑中。他怎么可能有能力买这个别墅的？他哪儿来的钱买那个别墅？

他是谁？

朱莉突然觉得帕特尔博士这个人很不简单。

再想想那个人过去的言行，更是增加了疑心。

朱莉又想起有一次，他们项目组的组员必须通过一个政府部门的电子安全认证和证书，而且是要公司花钱的，还必须得到公司行政负责人的签字，在肖恩的几番催促下，朱莉他们都获得了证书，只有身为项目负责人的帕特尔博士没有去认证，而且每次谈到此事，都被他以各种理由借口给回避过去了。

而且朱莉他们自从拿到证书后，一次都还没用过那证书。按说，既然这证书事关项目安全，拿到后得尽快用起来才行，更何况那证书可是有年限的，到了年限还得继续更新，继续交钱。这也从另一方面可以看来，作为项目组负责人，帕特尔博士对安全问题是一点都不关心的，甚至怀疑他是有意这么做就是要留下安全的漏洞。

为什么要留下安全的漏洞？这也是朱莉所想不通的地方。

现在朱莉既然怀疑他在冒用她的身份进入她在公司的电脑，冒用她的身份发 email 和冒用她的身份填工作时间表和签字，那么是不是也有理由怀疑他在盗用她通过的并获得的政府部门的电子安全认证和证书在做一些她根本没有经手的事？

这个公司的工作本来是觉得越来越无趣，学不到新技术，现在是觉得不光无趣，还危险了。

骑马找驴的计划得赶紧行动起来，赶紧找到新工作，赶紧离开这个公司。

即使不能很快找到新工作，等目前的工作满三年后，也要考虑离职了，以摆脱被上司各种身份冒用和监控带来的不快，以及难以预测的危险。

要考虑离职了，以摆脱被上司各种身份冒用和监控带来的不快，以及难以预测的危险。

十二．差点掉了工作

换上新的笔记本电脑工作后不久，又是各种的事故轮番上演。

甚至差点掉了工作，连预想的骑驴找马及做满三年的计划都达不成了。

朱莉只觉得一切发生得太快，太莫名其妙，太出乎意料。

就在她用新笔记本电脑工作的第二个星期，她新项目的领导詹姆斯的上司查理德突然说："帕特尔博士说你的新项目用了太多资源，准备要把那个项目中断了。让你今天就把手头的工作完成了。将来可能要把你分派去别的项目组，至于什么项目，还要待定。"

查理德是疫情前不久才来公司的，朱莉只见过他几面，但以前从来没有在项目上和他合作过。那几次的见面感觉他人还算友好，也许也是因为刚到公司不久，自知根基尚浅吧。但现在见他的网络会议上的头像总有一种说不出的阴森感。像是电影中那些专门作些见不得阳光生意的老板。

朱莉曾在做政府合同的公司呆过，知道"将来可能要把你分派去别的项目组"意味着什么，意味着就是裁员。因为做政府合同的公司都是拿政府的钱来养活员工的，很多做政府合同的公司是不会自己出钱给员工一定的时间来调整找新项目的。

资本主义就是这么残酷！

那天，是星期四，第二天就是星期五了，而如果再工作到星期一，就是二月份了。朱莉是三年前的三月一日进的公司，如果能做到二月份，即使多做那么一天，从简历上来说，看上去也是整三年了。

所以朱莉当下决定，无论如何都要把工作拖到星期一。当然如果星期五公司无论如何都要把她辞了，那也没办法了。

在美国职场十几年，朱莉早就见识过了资本主义公司的无情和冷酷。即使是华人的老板也不会因为同胞而多点人情味。当下，除了再次感受到了资本主义公司的无情和冷酷外，早已没有更多的自我悲伤。只一门心思当定主意，要为自己的利益作打算。

所以当天晚上，朱莉没有把项目完成。更不用说把代码上传到 Master branch。只要她把代码仍然放在自己的本地，那那个项目就无法完成。第二天下午五点，查理德来问朱莉是否把代码都提交了。

朱莉说："还没有，遇到了一些技术上的问题，尚需要半天的时间，到星期一上午才能把那个项目完成。当然，如果你想把项目中止在那儿，那也可以，我就不继续做下去了。现在已经到了我的下班时间，如果你想把那个项目完成，那我就在星期一上午再把它完成。"

查理德就不知道该怎么办了。总不能强制朱莉这时候把代码上传吧，再说，朱莉就是不上传，那又能怎么样？朱莉反正是要按时下班了。再说，现在朱莉是在远程上班，她人就在家里呢，也不可能强制朱莉上传完代码才能走。

他说：“我去问问帕特尔博士。”

朱莉立即说：“那您把他的回复发到我的 Teams 吧，反正现在我是要下班了。我星期一再来查看信息。”

不等查理德回复，朱莉立即就下线了，同时关了机。

不管怎样，朱莉挺过了周六周日两天，迎来了星期一的早上。

时间的安排真是美妙，二月份的第一天了。即使在当天就被辞退，她的简历上看起来是已经做满三年了。看上去这段工作经历将会在别的公司眼中是一段好经历。

不管它了，天要下雨娘要嫁人，由它去吧。

即使今天被辞退，至少简历里不那么难看，因为如果差一个月没有做满三年而离开公司的话，以后面试的公司就会在那儿打一个问号。到底是什么原因，没能做满三年？但现在以后面试的公司就会想当然以为刚好工作满三年。

如果找工顺利，在一个月多月内找到工作，比如在三月份开始工作的话，甚至在以后找工的简历看上去，期间都没有任何空档。人家会以为她是连续工作做满三年后跳槽到新工作的。

不管怎么，这是目前朱莉能为自己挣取的最好的结果了。

当天早上，朱莉查看了 Teams 信息，发现查理德根本就没有留言。所以朱莉当天上午就把代码从自己本地的 Branch，Check in 到了 Master 的 Branch。

然后去跟查理德说："代码已经 Check in 到 Master Branch 了。接下来那个项目还可以有些优化的地方，但是如果你不想让我做下去了，那我的工作就算完成了。"

他也不知道到底他该做怎么样的决定，语气里充满了困惑。他说："帕特尔博士又说那个项目再等等看，那我们等到星期二再看看吧，看帕特尔博士如何回复。"

那个如同鸡肋，用着过时的技术的项目，朱莉早就不想做了的。但现在，却希望能再做一个月，无论如何，再做一个月，她是正式满三年了，股份能拿到的比例会把做满二年拿到的比例多不少，也是几千元美元呢。401K 公司的配额也能百分之百都拿到了。

这时，朱莉接到那个项目的实际领导人詹姆斯的 Teams 信息，说让她在他的项目组继续做下去，并且说是帕特尔博士的意见。怕朱莉不信，还重复了几句帕特尔博士的口头禅。朱莉一听帕特尔博士特有的口头禅，就信了。因为这个口头禅，除了帕特尔博士不会再会有别的人说。

虽然朱莉对于帕特尔博士最近的反复无常的态度不可理喻，而且现在这一切的发生，让朱莉都一直怀疑是帕特尔博士在背后捣的鬼，但现在既然把目标集中在做满三年上了，也就不再计较这反复无常的背后到底是什么缘由了。也不再嫌弃那个如同鸡肋的项目了。

做下去，哪怕只做一个月，意味着做满三年，好看的简历，实际拿到的更多的股权分益，全额的 401K 公司匹配，及多一个月的骑马找驴找新工作的时间。

经过了工作时间表被人冒填冒签及被辞退的惊吓，生活又好像回复了平静，至少是表面上的平静。

朱莉也开始用新的笔记本电脑工作了，那个笔记本电脑不干任何别的事，甚至不上网浏览当天气温，只单纯限于与工作有关的一切。

这个时候，朱莉如果不再做任何变动，也许生活又可这样平静地持续下去了。

可是，怪就怪在朱莉还想要更进一步的安全。她想把工作与原来那个老笔记本电脑彻底脱钩。

事后，她是多么后悔自己的自作多事，自作聪明。为什么就不能保持原来的状态不动，然后悄悄地找工作，等找到工作后，再来把原来的那个老笔记本电脑删除与工作相关的一切呢？

为什么要操之过急呢？就不能多等那怕一个月？她这么谨慎的人，怎么就在这么一个小事上翻了船？

但是，人的命运谁会知道呢？一个小小的变动就会引发出一场大的灾难。如果谁都有未卜先知，哪里还有命运这一说？

再说，朱莉要做的一件事，在她看来非常之小，只是出于她谨慎的个性，她只是把老笔记本电脑的无线鼠标插在接口里的接口拨了而已。

甚至她都在想：有没有做这件事的必要？只是一些网上搜索出来的不知真假的信息引起她的这个举动而已。甚至她都不知道该如何科学地叫那个无线鼠标接口名字。她做编程只是半路出家，而对于计算机原理和知识则基本还处在最幼稚的阶段。

牵一发而动全身。

中国的文化是如此的博大精深，就这么短短七个字，可以事后用来解释朱莉经受的种种匪夷所思的遭遇。

新笔记本电脑用了一阵了，朱莉决定要把老笔记本电脑重新回归用于自己私人用途。但是，还有没有谁在监控那个老笔记本电脑呢？

为了切断任何老笔记本电脑与工作的联系，朱莉自作聪明地做了几件事：

第一件事，在老笔记本电脑里删除了与公司工作相关的软件，但是删除的过程中又有一件令人恐怖的发现：有一些目录是删除不掉的。说是她没有权限。但她可是那个笔记本电脑唯一的管理员啊，怎么会有这种情况发生。删除不掉，那也没有办法了。就留着吧。

第二件事，她把现在工作用的新笔记本电脑和老笔记本电脑的网络 WI-FI 帐号连接成不同的帐号，而且，两个帐号用的密码是不一样的。虽然朱莉也搞不清楚这有没有什么用，但是那次她全家网络中断甚至电话也打不出去的事还是让朱莉怀疑她的上司帕特尔博士可以通过网络控制她家的网络，而且很有可能，现在那个笔记本电脑的实际管理员不是她而是她的上司。

第三件事，这是她这阵子网络搜索的新发现，说是有黑客或技术高手可以通过无线鼠标的无线接口远程控制电脑。她虽然半知不解的，但从文章中推断那个老笔记本电脑的无线鼠标有可能被人用来控制她的笔记本电脑，所以，她趁着新笔记本现在已经正常用于工作了后，就在干了上面两件事后，把那个无线鼠标的网络接口拨了。她其实是早就想拨了的，但以前就怕因此影响了工作，疫情期间也不可能随便找人去修，所以一直忍着。

这次她觉得两个笔记本电脑可以完全脱离关系了，她再也用不着老笔记本电脑干与工作有关的事了，才放心地把那个老笔记本电脑的无线鼠标的网络接口拨掉了。

就像传说中不小心触碰到了什么隐藏的机关，她才拨了无线鼠标的网络触头不到五分钟的时间，就接到了上司帕特尔博士的电话。

在电话里，帕特尔博士好像语气中充满着不自在和怒火，几声常用的口头禅也显得有点干巴巴，甚至朱莉还觉察到他语气中有恐慌甚至恐惧。他有什么事需要恐慌和恐惧的？

他想朱莉拉入了另一个新项目。

朱莉反正只想无论如何做满二月份，这个时候把她拉入哪个新项目都无所谓了，不可能还会比目前手头上鸡肋而过时的项目更无聊吧？即使更无聊，也得熬过二月份再说。

但听完帕特尔的介绍，朱莉心里已经知道自己不应该接这个项目，这个项目听上去不会无聊，至少不会比目前手头上在做的无聊。但却敏感。

没想到，因为那个新的项目，她经历了人生中最恐怖的事。而二月份是怎么样都熬不过去了。

十三．新项目

朱莉从一开始就知道自己不应该接那新项目。新项目敏感，是一个涉及军事和空间的项目。

组员也非常奇怪，每一个角色都透着一种神秘的味道。之所以说是角色，是因为自从疫情，朱莉再没回公司工作，而新项目的人全都是新人，她以前一个都不认识，现在也只在网上远程交流。所以其实对她而言，就是一个一个的角色。

也许在现实中，他们也都是一个一个的角色。说不定他们虽然从事着在这家 AltitudeX 公司的工作，但真正的身份并不是一个个普通的职员。

斯诺登说美国的普通公民都是被监视的。如果这是事实，那么在美国的普通公司中如果渗入着各种特珠身份的人，那一定也是一件不奇怪的事。

作为在大国争端间的处于旋涡中心的华人，被监控被怀疑看来也是一件非空穴来风的事。

也许是年岁大了，人越来越多疑。这一二年来，发生在朱莉身边的事，都让朱莉越来越觉得身边有些人，身份并不一般。

至于谁在监控，这倒值得推敲了。说不定不只是一方。中美双方，甚至更多方都有可能。

当朱莉想到这个可能性时，她先怀疑是不是自己更年期已到，以至于变得特别多疑。

但种种发生的怪事，也好像只有用这些偏门的解释才解释得清楚。

她曾以为自己作为一个普通的公民，没有什么值得被如此对待的事。甚至自己的背景也非常的普通，相比于一般出国留学的高知二代官二代甚至富二代家庭出来孩子，她的父母都是远离政治的善良勤劳的农民，不参加任何党派，普通得不能再普通，背景简单得不能再简单，祖祖辈辈都在同一块土地上生活。

但如再细想一下，好像也不是那么普通那么简单。

首先，她的先生庞文彬现在在中国工作，但总部在美国。曾经在华为工作过，而现在华为处于被制裁的期间。他用华为手机，也送了朱莉一个华为手机，华为及华为手机现在都是政治敏感点。而她的华为手机的全部信息还在 AltitudeX 公司注册登记了的。

再次，她的弟弟原来在腾迅公司工作，腾迅公司手下的微信也是美国目前想要禁止的对象。她弟弟现在自己开金融科技公司，中国的金融科技公司也是现在美国防范的对象。

再次，她自己在一个主要做政府项目的 AltitudeX 公司工作。而所做的项目是美国新成立的太空军的项目。虽然项目本身不算敏感，但太空之争目前正是中美两个大国的热门竞争之地。因此该项目如引起双方的注意也不足为奇。

而且，她自已原来学的天文，随着现在中美的太空之争越来越激烈，学天文的也成敏感专业了。她原先在中国一家教育互联网公司上班，公司的创始人是几个中国科大少年班的同学。公司的员工也很多从中国科大毕业的。那些人好些都成了中国科技界的领军人物，技术核心，散落在各个中国高科技公司工作。而朱莉目前与他们至今都仍有保持联系。

再加上自己现在做高科技领域。而她先生庞文彬工作的公司又是跟自动化、人工智能、机器人相关的领域。他们公司的产品在最尖端的科技及民生领域都有应用，比如航空航天，高铁，建筑，军事，制造，汽车等领域。

"华为""腾迅""天文""高科技""太空项目""政府合同"，"军事""人工智能"……没想到自己身上就能找到这多么的关键词。再加上自己目前是美国华裔，而她先生是美国绿卡，她与她先生算是两个国籍的人。而她在美国工作，她先生现在在中国工作。恰缝中美对抗时期，华人本就在旋涡的中心。这么一想，原来自己确实是有被各方盯上的可能性的。

"匹夫无罪，怀璧其罪"，古今中外都是如此吧。朱莉原来以为自己就是一名普通本分的中产打工人，但如果是被人怀疑自己身怀和田璧玉呢？那就是另一回事了。

现在重点不是她有没有那块和田璧玉（她当然是没有），而是会不会被人怀疑她有和田璧玉。而显然，答案是会。而且可能不至一拨人会怀疑她。

这个时候，就算她高声疾呼：她就是一个普通平常的女子，除了可能比一般人聪明那么一点点，身上根本就没有什么和田璧玉，怕是也没有人相信了。

十四．何塞的新任务

何塞是菲律宾移民。来美国后，他换了好几个工作。最后选择在美国的 FBI 工作。

工作旱涝保收，又有很好的福利。偿到了在政府部门工作的甜头后，他一直是鼓动他的孩子们长大后都在美国政府部门工作。

老大听话，毕业后真的加入了美国的警察局。老二是女孩子，就没那么听话了，学习成绩也一直不怎么样，不过在他妻子的影响下，也算是找到了在他看来很有保障的工作，老二是做护士的。到了老三哪儿，老一辈子的话就不怎么好使了。老三换了一个工作又一个工作，都在单位做些无关紧要的工作，好在，找到了一个在政府部门工作的男朋友，眼见着快结婚了。

孩子们都有着落，何塞就想退休了。但就在这当儿，上头去派了他一个说是紧要的任务，那就是关注对门邻居的一举一动。

何塞想不出对门看上去瘦弱的邻居有什么值得关注的。这是一个长着一幅聪明面孔，善良又有礼貌的主妇，长相看上去比她应该有的年龄显得年轻很多，也单薄很多。以前何塞自然不知道名字，但自从有了这个新任务后，　就知道了她叫朱莉。

咋看一眼，还以为是个才上大学的大学生。但何塞知道她的女儿其实只比自己的老三低一个年级，上的同一所的高中，以前他女儿还不会开车或坐他车上学时，还曾一同坐同一辆校车上下学。她的女儿明显比自己的女儿更受欢迎，都是一群孩子围在一起在那儿聊天，相比之下，他的女儿就有点比较孤单，这也是他最后选择让他老三坐他的车去上学的一个原因，而且早早让他女儿考了驾照，等她拿到驾照后，他的老三就自己开车去上学了。

算起来，对门邻居朱莉的女儿也快毕业了。那这对门的女主人一定年纪也不小了。现在上司居然派他来"关注"她，关注是比较文明的说词，言下之意是要让他监控她。民主社会不兴提倡监控，所以只是说"关注"。

他知道他曾经的同行斯诺登就是因为泄露说美国政府在监控公民的电话和行为而被控叛国罪，他可得知道"监控"和"关注"的分寸和区别。

如果被公众知道他们堂堂 FBI 在监控一个普通公民，那整个美国政府的民主招牌会不会就此塌？。这个灯塔国也算是崩塌了。

是的，他只是作为一个邻居"关注"一下另一个邻居而已。这根本不算监控。也没人会怀疑他在监控。

而且现在都在家工作，谁都不知道他的工作其实就只是"关注"对门的邻居。

他的"关注"也确实让他对对门的邻居产生了一些小小的同情：她这几年的生活看来并不如意。

首先，她的先生常年不在家。但她的两辆车子都还注册在她老公的名下。她住的房子也都还在两个人的名下。她的电费水费电话费帐单都在她先生的名下。说明她单身，但未离异。

她自己割草，自己清理前后院，不开派对，不请人做客，不旅游，除了工作和买菜及去银行，基本都呆在家里。现在连工作和买菜都不离家了。她基本上就每个月出去一趟银行存钱，除此之外，几乎足不出户。

这种"关注"是文明的，他一点都没打扰到她的生活，也没引起她的怀疑。碰到了她也会像往常一样与她打个招呼。

直到有一天，他的上司突然又有了新的任务给他：他们工作组要租用他的房子二个月。除了他可以在里面继续生活，但是必须得静悄悄地，他的老婆和孩子都需要搬出去住。甚至他的车库都被征用了。

而且他们是要躲在房间里，给外面的印象是屋里没人，屋子的人都外出旅游了。他们在搬进来之前，已经买了足够的冰柜和足够的食物供他们两个月使用。

何塞想不出来，对门的瘦小的女邻居会是一个什么样的大人物，居然引起了上面这么大的关注。要这么大的阵形来对待一个瘦弱的女人，这到底是为了什么？

在此之前，他只知道自己生活在一个安静祥和的中产小区。

但目前，他开始怀疑自己生活的小区并不简单。

他甚至怀疑自己隔壁的邻居老夫妻也不是一对简单的老夫妻，说不定也是 FBI 内线或其它相似单位如 CIA 的同行。

甚至对门女邻居朱莉家左右两边的邻居看上去也都不是简单的邻居了。他们说不定也都是有着不同的目的不同什么组织的人。

自己在这儿生活了这么久，一直都以为生活在一个中产好学区，邻里之间关系简单和睦，现在看来，还是自己想得简单了。

是什么时候开始自己变得如此多疑了呢？

其实真正让他开始多疑的是从去年他另一家隔壁的邻居家庭的遭遇开始的。

他家右手边隔壁的邻居就是那对已经退休多年的老年夫妻，左手边的隔壁邻居是一家华人家庭。女主人做房产经纪人的，叫马娜。她的儿子只比他最小的女儿老三大一岁，他女儿也曾经与她儿子一起坐校车上下学的，毕业后在 NIH 工作，据说是作 Covid19 的研究工作的，才工作了不到一年，还未搬出父母家，去年某个晚上突发心梗去世了。

才这么年轻，有这么好的前景等着他，真是太让人惋惜了。

他的邻居马娜夫妇受不到这个打击，见不得这个伤心之地，就搬家了。虽然她自己是房产经纪人，但自己的房子却已无心无力出租，是小区另一个做房产的华裔邻居周璐帮她出租的房子。

搬进来租住的是家西裔，自从他们一家搬进来后，门前就变得不那么安静了。这家人天天吵得很，半夜三更还经常能听到门口大力踩摩托车油门的声音，周末也经常有一大帮不明来历的人来过派对，都是要开要到半夜时分才会散去。

何塞稍稍对这个他生活了二十多年的小区开始有了点不满的情绪。

十五．丽莎的猜想

那个帮何塞的邻居租出去房子的人也是住在同一个小区，说远，如果开车的话，也得二三分钟，说近，如果从小路捷径走进去，也就只有二三分钟的路。

她叫周璐，英文名丽莎，快六十岁了。

她原来是做医药研究的，后来因为研究公司倒闭，她干脆自己出来做房产经纪人。最开始只是兼职，后来，大儿子工作后，她就全职做房产经纪人了。

她在这个小区也生活快三十年了。看着来来往往的人，谁搬走了，谁搬进来了，谁家离婚了，谁家结婚了，她比谁都来得清清楚楚。

微信流行后，她建立了一个微信群，小区的好多华人都在那个群里，大部分是主妇们。

三个女人一台戏，更何况这么多女人凑在一起。群里有时就会八卦一些其他一些家庭的事。

比如，朱莉她家的家庭变化在他们群里就已经讨论过几论了。

丽莎的小儿子约瑟夫与朱莉的女儿庞薇是同学，从初中开始一直到高中毕业一起都是同学。两个孩子的关系一直不错，原来都在同一个朋友圈里。

因为孩子的缘故，丽莎与朱莉也算比较熟悉。她曾经提过几次小区有这么一个微信群，她就是群主，朱莉如想加入，她可以把她拉进来。但朱莉都好像没有兴趣的样子，所以丽莎说过二三次，也就不说了，也没把她拉入到那个微信群。

也正因为朱莉不在微信群里，所以群里讨论她的家庭的时候就少了一些忌讳。再加上朱莉也很少谈及她家庭的事，所以讨论中猜测八卦的成份居多。

在这些讨论里，他们得出的结论是：

朱莉与庞文彬应该是已经离婚了。因为近几年基本没有见到过她的老公。以前，朱莉经常喜欢去小区散步或跑步。丽莎总会在后院或前院眺望到她散步或跑步的样子。

以前，有时候， 还看到朱莉与她老公手牵着手在散步。

那时，她们就在群里议论这事了：

"以前她家的房主也是一个华人，也是喜欢和老婆手牵手地散步，结果就离婚了。"

"现在她也喜欢与老公手牵手散步，说不定以后也要离婚了。"

这几年，再也没见到朱莉散步或跑步的身影，更不用说与老公牵手散步了，连她老公也不见了。所以她们以为朱莉与庞文彬的关系发展没能逃出他们的预测：

"'秀恩爱，死得快'，果不其然，看来是普遍规律啊。"

"这两人肯定也是离婚了。"

慢慢地，甚至对于庞文彬是哪国人也有了基本推定："应该不是中国人，而是日本在东北的遗孤。"

而这个结论也是有根有据的。

根据就是据丽莎说：那还是她儿子读初中的某天，她的儿子约瑟夫回家时说的，说庞蕤告诉他，她爸爸是日本人。

丽莎一想，可不是呢，东北以前确实有很多日本遗孤，是日本侵占东北后来战败归国前留下的。而听朱莉说，庞文彬是东北人。那肯定就是日本的遗孤了。

至于是不是只是自己的孩子听错了，还是记错人了，是不是朱莉的女儿开玩笑说的，或者说的是别人的爸爸，她就不追究细节了。

总之，丽莎就凭她儿子的顺口一句话，得出了庞文彬是日本遗孤这个结论。

这个结论甚至在有一次朱莉因为一家人要外出旅游而托丽莎帮忙养几天她家的鱼时，丽莎就亲口问过朱莉，朱莉也亲口否认过——庞文彬还有一个姐姐，而用庞文彬与姐姐都与他们的父亲长得很像，就像复制粘贴一样。就算朱莉不知道庞文彬家的历史，但凭着两姐弟与他们父亲的长相是如此之像就可得到结论庞文彬绝对不是日本遗孤这么一回事。

但即使经过朱莉的亲口否定，庞文彬是日本遗孤的事还是从丽莎的猜想获得了小区华人群的定论。不光如此，还引申出了好几个版本。

十六．修屋顶的人

四年前，朱莉右手隔壁的女邻居瑞秋家一棵非常高大的松树倒了。刚好倒在了朱莉的屋顶。

打了保险公司的电话，保险公司问："树倒的时候是活的还是已经死了？"

朱莉说："还活的，是连日的下雨可能把树根部的土泡得很松，因此倒下的。"

保险公司的人说："如果树是活的，那么属于自然灾害，树倒在哪家，就得由哪家保险公司花钱找人来评估。"

于是让那个树倒着保持原样，直到过了几天，一个保险公司派来的评估员来了。评估后，他说："你家的屋顶瓦片这个型号已经不再生产了。所以还是都换了吧。"

然后，报了一个陪偿价格给她。朱莉那时候正缺钱，找了几家公司免费评估换屋顶和修屋顶的价格。有一家说，如果不换的话，这个屋顶还能有六七年的寿命。朱莉一听，还有六七年的寿命，那真的没有必要现在就全换新的，而修的话，只要几百美元，换的话，则要几千美元，加上砍树的费用，如果是换的话，还要自己倒贴钱进去。朱莉那时候正失业，对钱斤斤计较得很，恨不得把一元钱瓣作两份使用，当即决定修而不是换。

最后根据修的报价高低朱莉决定让也是住在同一个小区的人来修，邻舍网上评价他都彼好，推荐的人都说他业务做得好，价格也很公道。

他叫波伯，人矮墩墩的，稍有些胖，英语说得不是那么好，但交流不成问题。看长相和口音像是俄裔。他不光把屋顶的破损修好了，还把松动的钉子换了，把有点烂了的木头也换了，甚至把有破损的金属通风口也换了。

才花了几百元钱就把屋顶修得妥妥的了，去了一件心头大事。朱莉对这项修复工作很满意，更重要的是，因为是修而不是换，保险公司给的钱还能有一部份节余。

但此后，每年都会有各种自称修换屋顶的公司来敲门。

这一年，更是经常有一家叫做 MLC 的屋顶公司的人来敲门。因为经常有自称这家公司的人来敲门，朱莉都对他们很熟悉了。一看是戴着 MLC 公司帽子的人，没等他们张嘴就说她家不需要这项业务。

后来，朱莉还在小区离她家只隔几家邻居的门口看到了这家屋顶公司的广告，原来，不知不觉中，那家以前的租户，已经换成这家屋顶公司的租户了。

原来的那家租户朱莉有所熟悉，是一个单亲爸爸带着一儿一女在那儿生活。女儿与庞蕤一般大，以前曾一起万圣节时组队去小区要过糖，偶尔也会来朱莉家找庞蕤和猫玩。孩子们都上大学后，各奔东西，朱莉也就从此没有与那家打过交道，没想到，才几年的功夫，不知道他家什么时候起就已经搬家了？换成了现在这家经常来她家骚扰要求免费评估屋顶修理的屋顶公司。

那家 MLC 的修屋顶公司不知怎么这么关心她家的屋顶？一次又一次派各种不同的人来要求免费评估。

朱莉有时不免纳闷，为什么她家的屋顶这么受那家公司注目呢？难道在她的屋顶上面有什么不同寻常的东西存在吗？

不过她很快就觉得一定是自己多疑了。这么普普通通的现在已经停止生产了的屋顶会有什么不寻常的东西呢？

十七．邻居

朱莉右手隔壁的邻居不只一棵松树倒到了朱莉的家。只不过另一棵没有倒到了屋顶，而是倒到了朱莉家的院子而已。

朱莉以前从来没有与那家邻居打过交道，偶尔见到有个老年的妇女在院子里逗两只狗玩飞盘。

后来有一只狗不见了，只剩下一只狗有时在院子里孤独地玩。

那两只狗不知怎么着，从最初就给朱莉造成了一些困惑。

原因是朱莉家的前房主，也是个华人，叫王健，在把房子卖给她家后，曾经给朱莉和庞文彬介绍了他们的邻居。前后左右的邻居都介绍了。而介绍到那个女邻居瑞秋家时，却总有点其语不详的样子。只是说："她家有两只狗，还挺凶的。"甚至语气里还透着一幅心有余悸。

反正朱莉在听完他的介绍后，心里自动地跳出一句接在他话的下面，帮他连接成一句完整的句子："我被那两只狗咬过。"

朱莉除了那个女邻居瑞秋再没有见过其他的人。只有一次散步回来，在瑞秋家车库前遇到一个长相不善的胖胖的大概三十几岁样子的男子和一个差不多年纪的女子，朱莉心里自忖那大概是女邻居的女儿和她女儿的男朋友之类了。

因为朱莉似乎记得她家的前房主王健说过她的右手隔壁邻居有女儿的。大概她女儿这次难得地带着男朋友来拜访她的母亲吧。

除此之外，再也没有见过那家人与谁有往来，除了周末来割草的或者修理院子的人。

朱莉一直就以为那个女邻居平时都是独居。

因为那棵倒下的树，使得朱莉不得不去告知那家女邻居。她也吃不谁女邻居在不在家，如果女邻居平时有上班的话，那就不一定在家。但如果女邻居已经退休，那就可能长期在家。但也没准她出去买些日常用品之类的。

她去那个女邻居家的时候，先特意看了看停在车库外的车，她看到车库的门外停着两辆车，看来，邻居家里不光有人，而且也许不止一个呢。

虽然是两辆车，但如果女邻居独居在家，也不难解释她为了让人错觉她不是独居，也许也会特意多停一辆车在车库前。一般人家家里有两辆车很正常的。朱莉自己不是也是庞文彬去中国、女儿在外地上大学的那些年，她都会停两辆车在车库外面的吗？

但是车库外停着两辆车，至少可以确定屋内有人。因为如果女邻居在外面的话，她至少要开出去一辆车。那么就只可能有一辆车停在车库门口。

朱莉确定女邻居家里有人，就去敲门了。

她可以听到里面有狗的叫声，也有一个老年的声音在训斥狗不要叫。但是就是没有人来开门。

朱莉再次敲门。狗叫得更响了，也听到一些脚步声，但是就是没有人来应门。

朱莉心想，这对于一个单身的老年女性来说也是情有可愿的。毕竟，陌生人来敲门一般来说只是上门来推荐各种产品或服务的，甚至还可能是心怀恶意的人。前一种人一般不需要开门，后一种人则可能会带来危险了。可能是出于这方面的考虑，明知对方知道里面有人，也不开门吧。

朱莉敲了三次门后，确定她不会开门的，也不介意，就回家了。回家后写了一封信，放在她的邮箱里。在信里留了她的 Email 和电话。

当天晚上，就收到了那个女邻居的 Email。朱莉庆幸女邻居并不难打交道。不像是会给她的生活增添麻烦的人。朱莉也从 Email 里知道女邻居的名字，瑞秋。

接下来就有了几次的 Email 通信，对方给了保险公司的联系方式。朱莉打过去后，才知道活树倒下的话，算是自然灾害，损伤得要让自己的保险公司陪偿，而不是让对方的保险公司陪偿。

女邻居家的两棵倒下的松树前后都处理了。女邻居家还有一棵松树也是很靠近朱莉家的栅栏。朱莉一直担心那个松树哪天也会倒下的。她经常用忧虑的目光丈量着那棵松树，计算如果它倒下将会倒下哪个方向，大概率会往女邻居自己的院子方向倒，但也不排除还是会倒在她家的屋顶。

这样担心了一阵后，只见有一天女邻居家的门外停着一辆伐树的车，朱莉心里一喜，那棵树终于会在倒之前被处理了。

松树伐了后，朱莉感觉心里的那丝忧郁去除了。而且朱莉也心下嘀咕，这伐去的三棵松树其实对女邻居家来说也是好事。因为在中国，松树一般会种在墓地之类的地方，很少种在自家的后院，在自家的后院种太多树本来就会阴气太重，特别是松树，尤其不太吉利。美国人不讲究这些，但其实伐了以后，对她家的风水是有好处的。对她的健康也有利。那怕对于朱莉家来说，也是不错的一件事。

首先，没有那么多松针落在她家的院子了。另外，砍了三棵这么高大的松树，天好像一下明朗了起来，视野也广宽了些。

倒是女邻居伐了树不久，又种了几棵树，这次，离朱莉的栅栏要更远一些，而用种的是花树，开很漂亮的花。不光不掉松针，还增加了一些美景。朱莉对此当然也是欢迎的。再说，等树长高些，也增加两家彼此的隐私呢。

不过，自从那次树的事件后，朱莉又不再与女邻居打交道了。他们的生活再次没有交集。

又过了几年。这就到疫情期间了。

朱莉突然发现，那个女邻居几乎很少出现在院子里了。取了代之的是两个大概三十多岁的人。其中一个胖胖的，剪着男人样式的短发，妆扮也是男人的衣着，走路姿势也是，朱莉最初以为是男的。

后来，丽莎告诉她，她的邻居瑞秋有两个女儿，其中一个是同性恋。朱莉才明白过来，那个她以为的男的，其实是她女邻居的那个同性恋女儿。

那两个女儿，一个打扮得非常女性，穿粉色的裙子，卷发。而另一个打扮得非常男性，着黑色或灰色的衣服，男式短发。共同的特点是像她们的母亲一样都有一点胖，男性打扮的女儿更胖一些。

这个发现让朱莉突然明白以前她曾经见到过一次的以为是那个女邻居女儿的男朋友的人其实就是她的另一个女儿。

听丽莎说，那个女儿以前很有戏剧性的。

很多年前，那个女儿与她的女性恋人闹翻了，她就把她所有的家俱都堆在前院门口，来来往往的人都每天见到一堆胡乱堆砌的家俱在她家前院风吹雨打的。

丽莎说："我们这个好小区，人都很礼貌，很少有这样的家庭，对她这个样子也只有侧目而视，不过背后估计都是在议论她的。"

她女朋友走了以后，她才消停下来。后来，她也搬出了她母亲的家。没想到疫情一来，又搬回她母亲的家了。这次不知会不会又有什么戏剧性事件发生 ？

戏剧性的事件还是发生了的。

有一次，朱莉散步回来，在她家门口发现堆着很多的饮料。把门口都堆满了。那些饮料足够一个开派对的家庭比如十几口人，吃上一二个星期。而她家满打满算，也只有三个人，怎么需要这么多的饮料。

朱莉觉得这事挺神秘的。好像她的家里住着不止三个人，而是住着一个小分队。

朱莉自从觉察到女邻居家的神秘后，去查了查她家的地图以及她家是什么时候搬入的，她家买的时候房价多少。

她家的地图和搬入时间和房价，也很奇怪。

她家是 20 多年前买入的，但买入价只有几千元钱。与这个小区房价普遍七八十万，一百多万的房价根本不相匹配。

从这个房价上推测，应该就是她家亲戚像征性地卖给她们其实是送给她们的。

这样卖房时能少交房产交易税，等于是白送。类似于房产继承，不过是在卖主的生前进行。

而她家在地图上也与别人家在地图上有明显的区别，在地图上，她家与朱莉家之间，有一条很深的黑线，也不知道是裂沟还是什么，那条裂沟如此之长，一直延伸到她家对门的邻居那儿即房产经纪人马娜家。在现实中却是朱莉家与她家之间完全是连接在一起的。既没有裂沟，也没有什么隔离带。只有她家的高栅栏把她家与朱莉家隔离了开来。而女邻居与她的对门邻居家马娜家隔着一条路，那也是一条普通的路，从朱莉家前面一直过渡到对面，之间没有任何特殊之处。

所以朱莉也不知道这条深深的裂沟一样的黑线在地图上代表着什么。就好像是那地图被人从哪儿用手动切除了一条线，而露出了底图上的黑色。在地图上肉眼所见这么深的一条黑线，到现实中应该得是一条很宽的裂沟之类的了，但是，现实中却根本没有裂沟之类。

朱莉查的可是 Google 地图，应该来说是不会犯标错或印错的错误。

但出于前一年传出的消息：说是在大选之年，选举后，有大批民众去华盛顿国会山门口抗议，用 Google 地图导航，据说再也找不到去国会山的图线。大批不熟悉华盛顿交通的民众只能在华盛顿城市里面打转。

从这个遥传的消息看来，Google 地图有时也是不可靠的。有人能做手脚。

但如果是邻居家的那处 Google 地图被人做了手脚。那么就有问题来了：

1. 是谁做的手脚？
2. 邻居家为什么那么特殊？
3. 在那个黑沟中，有什么东西隐藏着？
4. 是什么人知道邻居家的地理位置那么特殊，而且能指使 Google 公司来做这种事？

朱莉又想到了那天在邻居家门口看到的堆积如山的饮料。开始怀疑邻居家里面其实住着很多人。

如果她的猜想是真的，那么那些人是准？那些人与

Google 地图上的那条深沟有什么关系？

因为朱莉不再信任 Google 地图，朱莉又找了别的地图查了查。比如 Quest，那是她来美国时，最早用的地图。朱莉 2003 年初来的美国，那时中国还没有类似这样的地图，去一个地方，只要输入起点和终点，Quest 就能打出开车路线图来。

她家刚到美国的那几年，去佛罗里达，去波士顿，去费城，去纽约，甚至去华盛顿城里旅游，都会事先打出来回路线图来，朱莉那时候感觉真是方便，果然与中国比，美国的科技在这一点上先进不少。

不过后来，随着 Google 地图，GPS 的兴起，Quest 就落后了，打出的路线没有 Google 那么智能，那么有更多选项。Quest 才逐渐退出了朱莉的生活。后来，再加上智能手机的兴起，还有苹果公司的地图以及各种其它地图可以选择，Quest 更是好久没再用了。

但是，现在朱莉既然对 Google 地图产生了疑问，她又去求助于老 Quest 了。

结果发现在 Quest 地图中，那条裂沟状的黑线，也是出现在朱莉与女邻居家之间。

这是什么神秘的黑线？里面隐藏了什么秘密？是什么人在操控？在什么人能指使 Google 和 Quest 操控？

那么如果朱莉的怀疑是真的，是真有什么人在操控的话，那就不可能是一般的人在操控。那得是国家级别的人才能有这么大的权力操控。因为那两家公司都是私企，要操控私企，连美国总统都做不到。除非是什么

FBI 等游离于白宫权力范围的部门，以国家安全的名义才能做到。

那么，如果真的是 FBI 之类的部门在操控，那么问题又来了：

她家与女邻居家为什么会涉及到国家安全了？到底是什么事，什么人引起了 FBI 等人的关注。

那家女邻居对门，也是做房产经纪的华裔家庭。

那个华裔家庭的女房产经纪人，经常在报纸上登广告。可能是因为生意不太好，只能拉到生客，所以才需要常年打广告。

朱莉与原房主王健签购房合同时，王健曾经告诉过她那个房产经纪人的名字，叫马娜，并说，他有时会找他们借冲车的工具。

因为那个房产经纪人经常在中文报纸上打广告，所以朱莉一听她的名字，就与她在报纸上的照片对了起来。

但现实中，朱莉却从来没与她打过交道。

只有几次，看到那个房产经纪人马娜在修剪自己家门口的一棵九重樱。

还有一次，是她家门口修管道，结果不知怎么回事，把管道损坏了，水都溢入了朱莉家的地下室，朱莉家对门的邻居何塞家也被淹了，听何塞说，可能还淹了其它几家。最后管道公司赔了一些钱。

朱莉虽然没有与马娜打过交道，但是有时候不免会对她家门口的那条路有点想法。

朱莉买房前，稍稍学了一点风水的知识。知道房产经纪人马娜家门口的那条路，在风水上来说叫反弓，是大凶。好在这个反弓并不是很大。但毕竟还是反弓。

而朱莉家门口，那条路却是一个正弓，是吉利的。但是这个正弓也不是太大，说明朱莉家对门的邻居何塞家的反弓也不是太大。

马娜有个儿子，有一天朱莉在小区散步回来的路上见到的。看到他长得细细高高沉默少年样子，背着一个书包，可能是刚放学，或从一个课外班刚回来。总之第一印象是一个老实听话又沉默可能还稍有点软弱的典型的华裔男孩子。

也没作多想，只想了想：原来那家房产经纪人的孩子还这么小啊。

因为想像中，那个房产经纪人应该远远比她年纪大，所以她的孩子应该都是差不多成年有工作了的样子。没想到只比庞蕤大一二岁的样子。

十八．房间边的嘈杂声和送油的人

小区西边的那部分人家是有燃气管道的。而朱莉他们所在的东边的那部分人家则都没有通燃气管道。

小区都是靠烧油取暖。可能是因为以前油便宜，每家每户都有一个大油罐，一个大油罐能装 270 多升的油。

现在油贵了，能改成燃气的住户都纷纷地改成燃气了。在像朱莉家这边的就不能改成燃气的，只得选择送油公司送油。

朱莉家本来想过改成用电的，但据说用电的话，冬天电力不足，不足以供暖。所以最后还是没改。

其实朱莉对这家送油公司一直不是很满意，但她不到万不得已，总不愿意折腾这些生活的琐碎，所以一直都还在用那家送油公司：Petro Express （石油快递）。

朱莉好像曾几次听到就在放置油罐的位置传来嘈杂的声音，好像是有人拨开各种枝桠杂草的声音，有树枝擦划到外墙的声音。

虽然心生疑惑，但终究没有出去察看一下。

后来朱莉再回想起这个细节，她再次疑惑，会是谁呢？谁在那儿干什么事？

她跑到油罐放置的那面墙仔细地去验证了一下。

那面墙上全是各种表和线。有水表和电表，有电线和其它她认不出的线。可能是网线什么的吧。

以往，朱莉对家里的这些水电暖气网络电话车子银行税收保险房贷租金等事务一点都不用操心的，都是庞文彬在处理。

所以现在她对这些个线那些个表都是不懂。但她知道如果真有人在那儿搞些什么事的话，那可能就会涉及到她家的水电电话网络的使用和安全。

是谁？最大的嫌疑人是送油的人。也可能是隔壁女邻居请的割草和打理院子的人。

干什么？为什么要动她家的水电电话网络或查看她家的水电电话网络？

这就没那么容易理解了。

如果真的有人在关注她家。那么也许也可以解释了她家在这么安全的小区，曾有一次家里进了小偷，翻乱了她家的各种抽屉柜子，但却没有偷走什么。

人说，贼不走空。而进她家的贼却是走了一趟空趟。虽然她家确实也没现金，也没什么值钱的东西。

但冒着这么大的风险，却什么都没偷走，也是一件不可思议的事吧。

但如果把那次小偷事件与外墙有人在查看或改动她家的水电电话网络的事联系起来的话，那可能可以说明了什么。

那说明：人家关注的不是从她家偷走一些具体的物品或金钱。

如果不是关注她家的物品或金钱，那么关注的是什么？

那么那次小偷把抽屉柜子翻得那么乱是要翻出什么东西来？

想要翻出什么文件吗？

那么外墙如果有人查看改动她家的水电电话网络的话，是想监控她家或者窃听她家吗？或者想通过她家用水电燃油的情况来知道她家里到底有多少人？

十九．牙医

原来，朱莉的医疗保险是跟随庞文彬的。所以牙医也是他选择的那个牙医。

牙医姓潭。看上去长得很清秀的女士，但却有爆脾气。

当然，这是朱莉后来换牙医的时候，上网查牙医的评价，才看到很多人都这么评价她的。说她脾气不好，经常对患者恶语相向，让患者遭受语言暴力。

朱莉才慢慢觉得自己虽然没遭受她的语言暴力，但其实也遭受了她的恐吓。比如，她常常用一种非常不容 致疑的语气对朱莉说："你的牙周炎很厉害了，这样下去，以后你的牙齿会一颗一颗都掉光的。"

把朱莉吓得不知失措。

但让朱莉动了换牙医的念头却是从某一天洗牙时开始的。

朱莉害怕看牙医，也包括洗牙。又加上网上所传的，在牙医诊所洗牙，很可能被感染了病毒什么的。更是对看牙有很强的顾虑。

但是，有一次她陪庞蕤洗牙时，看到这次给庞蕤洗牙的是一个小姑娘。朱莉说："以前没见过你呀。"

小姑娘介绍说，她不久前才来这个诊所工作的，现在每天只工作三天。

小姑娘手法很轻柔，语言温柔，把庞蕤洗得开开心心的。

朱莉说："我因为害怕洗牙，所以很少来诊所洗牙，虽然都是有牙医保险。但现在看你动作温柔，也许下次我可以让你来给我洗牙。"

小姑娘说："可能有的人洗牙用力比较大，不太顾及洗牙人的感觉，我就比较小心，洗牙会比较轻柔，不会把您洗痛的。"

又说："洗牙有很多好处，可以防糖尿病心脏病各种慢性病，您最好定期来洗牙。"

小姑娘的手势确实很温柔，朱莉觉得如果让她洗牙的话，还挺放心的。于是问她，她一般是哪几天工作，下次洗牙，她可约一个她的工作时间。

小姑娘就去查时间表。顺便跟朱莉说，她建议朱莉洗完一个普通牙后，最好也约一个深洗，说："你上次深洗的时间是二年前，今年应该又可以深洗了。"

朱莉非常纳闷，"不可能，我从来没在这儿深洗过。我正常的洗牙都害怕，如果深洗过，我怎么自己会没记住。"

她又去翻了翻记录，说，"这记录里有你深洗的记录。"

朱莉说："没有这个可能性，除非是你们诊所自己报上去的。反正我没在这儿深洗过。"

这么正常的对话，惊动了潭医生，潭医生当下就过来问，怎么回事。朱莉说："她说记录里有我二年前深洗过，我根本没有，我就是因为怕洗牙，都很少来你们诊所洗牙，哪怕医疗费都可报销的，我们自己不用掏钱。更不用说深洗，我自己深没深洗过，怎么会不清楚呢的。而且你们诊所的老板以前说，我深洗的话，得打麻药，还要把牙龈割开来一点才可深洗，别说真洗了，我听着都已经心里打起了哆嗦。"

潭医生听了，没有吱声，脸色很不好，又回到了自己的诊室。

朱莉也没在意，反正庞蕤也已经洗完牙了，也知道那个小姑娘是星期一、星期二和星期四上班，就去前台约了一个下星期小姑娘在的时间，就回家了。

过了一星期，朱莉自己来洗牙。刚好是小姑娘应该上班的天，但却看不到小姑娘了。而是一个年轻的男医生在那个小姑娘应该在的诊室。朱莉觉得好纳闷，那小姑娘才来不久呢，怎么又不见了。

问了前台，前台闪烁其词地说，她走了。

朱莉心里充满了疑惑。才来不久，又走了，肯定不是自己走的，那一定就是老板让她走了。为什么让她走，那小姑娘又耐心态度又好？

前台说："我们这个新来的男牙医也手法很轻柔的，你不妨让他给你洗一次。"

另一个洗牙的人，是个越南裔的干瘦中年女医生。英语说得不是很利索，每次去都见她板着一个脸，满脸写满了不乐意和不开心。看到人家牙齿不好的，还嫌弃地以训斥的口吻说："你的口臭我隔着口罩都能闻到。"

就好像洗牙者不是来给她所在的诊所赚钱的，而她每看一个病人都要付出巨大精神损失的感觉。一时间不由让人怀疑顾客才是上帝还是牙医才是上帝。

即使碰到庞蕤这样年轻牙好的洗牙者，她的态度也是不高兴，不乐意，不耐烦，所以朱莉肯定是不想让她洗牙，那就没有别的好人选了。只能让这个年轻的男牙医洗了。

但朱莉对那个小姑娘为什么突然离职，一直想不明白。明明上星期还干得好好的，怎么突然就离职了。

会不会是因为她说了根据记录朱莉在二年前深洗过，而朱莉非常肯定地否定了她在这个诊所深洗过。

会不会这个诊所在骗保险公司的钱，说她深洗过，从保险公司拿到保险公司应该支付的 60% 的深洗费，而没让她本人知道？

如果让小姑娘知道那家诊所在骗保险公司的钱而去告发的话，那诊所这么做是犯法的，所以趁小姑娘还未多少了解诊所真相时，先把她炒了？

不过，这一切只是朱莉在心里无端猜测而已，她没有任何证据。也许只是小姑娘没看清楚。

朱莉只把那个疑问在心里存了一阵子，就把这事给忘了。

但是，半年后，朱莉的牙齿出了问题。有一颗牙松动了，而且牙痛。

又去了那家诊所，做完 X 光。潭医生说："你那颗牙没得救了，必须拨了。"

拨了牙，潭医生冷冷地说，"你的牙周炎很严重了。你如果不治，到时牙齿一颗颗都会掉光的。必须深度洗牙。"

至此，朱莉又提到了上次小姑娘说她两年前深洗过，但她实际根本没有深洗过的事。潭医生说："那有可以是那个小姑娘看错了，也有可能是你先生洗的，你们的保险卡都用的同一个。"朱莉想了想，好像是想起来她先生二年前说过深洗牙齿的事。

"那即使是我先生洗的，也不能放到我的名下来吧。这牙齿谁洗的就是谁洗的，怎么这也能搞错的。"

潭医生翻了翻白眼，没接话。又低头检查了一会说：

"你的牙周炎太严重了，我不能给你深洗，我给你推荐一家专家门诊，你去找那家诊所吧，那儿有一个华人医生，懂中文，你可去找他。"

朱莉的心还在两年前她深洗的纪录里。说："如果我两年前真的深洗过，那么这牙周炎怎么可能如此严重，既然你说很严重，那不是更说明两年前我没深洗过，你们诊所是怎么搞的，这医疗纪录都能乱做的？"

谭医生没有搭话，只是把朱莉推荐给了另一家她完全 陌生的牙医。

朱莉经此看了这个牙医诊所后，觉得必须换一个医生了。

她是怕麻烦的人，也怕变动，潭医生所在的诊所一直用着，只是因为习惯。

现在既然她把她推荐给一个完全不熟悉的诊所，那她还不如自己找一家自己觉得不错的诊所。谁知道潭医生推荐的诊所会是怎样的诊所呢，这其中会不会有利益链的输出？既然那也是一家对朱莉来说全新的诊所，不如自己主动找一家好的诊所。

朱莉是从那时候起，才开始自己找一家评价好的牙医的。她也顺便看了一下自己所用的诊所的评价如何。不查不知道，一查才知道原来网上对潭医生的评价如此之差。

可能是在中国国内当医生的经历造成的影响吧，中国国内，医生只拿工资，所以对病人的态度是完成根据医生自身的素质的。治多少病人，也只领这份工资，做得好与不好，工资的差别也不会多大，所以造成她的态度非常不好。

评论里有说她语言暴力，有说她人身攻击的，有说她对待牙坏的人如同对待罪犯似的，朱莉才知道，相比于那些人，她在潭医生那儿得到的待遇还算是不错的了。

这同时也更坚定了她换牙医的心。

再加上她那几天上网查牙周炎的信息，确实也被那些信息吓死了。想到自己的牙齿到时就要一颗一颗地掉落，冷汗都快流下来了。

上网查了查那些评价好的，懂中文的，很快有了几个人选。然后她把有很多评论的诊所默默地又排除了。当一个诊所有很多好评时，有时不得不怀疑一下，这些评论是真的评论还是买来的评论。有些评论人显示他已经为很多人做过了评论，这些人就比较值得怀疑是专门给人做评论的了。而且评论多说明那家诊所看牙的人多，当看牙的人一多，能分配给每个看牙的人的时间就会很有限。最后，朱莉选定了评论很好，但评论的人并不多的诊所。而且评论的人都往往一个账户只给出了一次二次的评论，说明评论是真实可信的。

朱莉第一次去那家牙医诊所时，有两个一正一反的感受。正的感受是：那家诊所就是她想去的那种诊所。其中的一间，上面有一面墙壁的大玻璃，阳光照进来，照在牙医的就诊床上，突然有一种很安详的感觉。对面的墙是一大幅树林和瀑布的风景图，晒着阳光对着树林瀑布风景图，朱莉似乎能听到树林里传来了鸟鸣声。这一下缓解了她的神经。让她觉得来对了地方。

反的感受是，因为整个诊所就刘医生一个人就诊，除此以外，就一个助理，那个助理既要当前台，又要当助理，又要接电话，所以卫生的消毒状况就有点让人忧心。特别是当那个助理接完电话，也不换手套，直接就又来接着做助理时，朱莉的忧虑就会更深一些，就不能换一幅手套再来作助理工作吗？又花不了几个钱。

但刘医生的耐心及诊所装修状况还是让她坚信她的选择没有错。

而且刘医生检查完她的牙齿后，说朱莉牙齿的表面都很洁净，说明她每天有好好刷牙，就是可能是比较容易长结石的体质，又从来没深洗过，所以牙齿的里面长了一些小结石，又进一步造成病菌的堆积，只要好好深洗，以后慢慢保护牙齿，牙齿还是会好起来的。

这是朱莉第一次听到牙医夸她牙齿的，说明她牙齿也有可取之处，表面的洁净工作做得不错。从潭医生那儿，从来只听到她的恐吓。而且刘医生说，如果好好做一次深洗，然后，好好保护牙齿，牙齿还是有可能健康起来的。这么一说，让朱莉对自己的牙齿又产生了信心。

深洗要分成二次。第一次就在那个充满阳光的诊室里进行的。

朱莉神经很紧张，全身的肌肉绷得紧紧的。刘医生大概能看出她的紧张，就在一旁细心地提醒她放松下来。朱莉感觉自己生活中很多的时候也都是处于肌肉绷紧的状态。大概人在国外，无依无靠的，人不知不觉就绷紧了自己的神经。再加上朱莉本身就是容易紧张的体质。每次面试，她都能感觉到自己的嘴里都是干的。高考前，就有一个多月的时间失眠，被诊断是神经衰弱。实际上也是因为神经过于紧张造成的。

再联想到她心脏的室状性心动过速的毛病，据说也不是心脏的毛病，而是交感神经和副交感神经的电信号传递错误造成的。可能也是紧张的原因造成的。

她从小学到初中二年级之间想不起来有这种毛病。虽然后来的检查认为是先天性的，心脏那儿多了一个旁道，但想来如果不刺激它，心脏也能自我运行得好好的。

初二以前，大概生活中没有什么可紧张的事吧，所以根本就不知道她自己有这种毛病，等上了初二以后，想的事多了，该担扰的事更多了，神经紧张的时候更频繁了，所以才激发出了这个先天的毛病吧。初二开始，有中考的压力了。而要维持第一名的成绩更难了，正是因为种种的压力和忧虑，从初二以后就开始了这种毛病。

但以往得了这种毛病，朱莉的母亲也不知道是怎么回事，以为是她饿了，或者累了，都没去医院看医生的，就请假在家里躺一会儿，一般就自己好了。

直到高一有一次发病，在家里躺了很久都还未好，才送到当时镇上的医院。医生一测血压，都低到不能再低了，吓坏了，赶紧叫了救护车，让送到宁波的大医院去。

朱莉的父母从没见过这等架势，不知道如何是好。还是让朱莉的伯伯陪着去的，朱莉的伯伯在镇政府的市场部门工作，以前自己和人合作开过厂，算是一个见多识广的人了。朱莉的父母觉得让她的伯伯陪着去，朱莉就有一个主心骨了，就不会害怕了。再加上要送去的医院，有她伯伯的女儿即朱莉的堂姐在那儿工作，也有她伯伯的儿媳妇在那儿工作，所以等于还在她伯伯的势力范围内。

朱莉的伯伯安慰她说："别紧张，到了医院就没事了。"

朱莉这是平生第一次坐救护车，听着救护车呜啦呜啦的声音，看着车外的人向救护车投来的注视，朱莉觉得生活挺荒诞的。印象中看到救护车，都会想像里面是一个垂危的人，而现在这个想像中在救护车里面垂危的人居然是自己。而自己除了觉得心跳得快了点，疲惫想睡觉之外，一切都好好的。

从朱莉所在的小镇到达宁波的医院，有四十分钟的车程，到了医院，朱莉的心跳都已经好了。而一旦好了，心电图什么的都是正常的了。

医院的医生本已经等在车外，想接到一名需争分夺秒拯救的人，结果却接诊了一位各方面指标都是正常的正常人。言下之意，就有点责怪小镇的医院就是有点小题大作了。朱莉都被搞得有点不好意思了，真希望到医院的时候还是在心跳，这样大医院也可知道这不是一件小题大作的事了。

后来，医生说：要把她的症状再激发出来，这样就能知道是什么病了。

选了一个日子，医生把她的症状又激发出来了，也就诊断出来了她的毛病。但是，那时候，中国还没有射频消融的解决手段，医生说动手术的风险远大远该毛病造成的风险，所以医生说不需要治疗，告诉了她一些一旦发病如何处理的技巧。比如，一旦感觉心要跳起来，就赶快咳嗽，用手刺激舌根，压迫脖子大动脉等方法。

因为有这种毛病，在高考前给朱莉造成的心理压力很大。那时候，中国高考就是千军万马过独木桥，朱莉的那届高考达标率只有百分之二十。五个人只能有一个人考进大学，这还是在中考时已经刷掉了大部分人后剩下的高中生，而且这还是全国范围内的平均数据，而浙江的数据，只可能比这个百分率更低，因为浙江虽然不在竞争最激烈的省份，但在全国来说，还是属于竞争很激烈的省份的。而朱莉还有一个与别人相比的劣势，那就是一旦这种室上性预激发生，她就必须得休息或送医，是不可能继续考试的。而对绝大多数的考生来说，一辈子的高考就那么一次。而朱莉的这种病是突发性的，不可预计的，高考这种让人精神紧张的氛围更可能造成这种病的突发。

心理压力加事实上的一个多月来的失眠和神经衰弱，让朱莉没能很好地发挥水平。再加上朱莉她们那一届是先估分再填报考志愿，而不是先知道了自己的高考成绩后才报的志愿。种种的原因，使朱莉没有考到好成绩，又加上远远地低估自己的高考成绩，使得朱莉只报了一个有降分可能的师范学院。

深洗这种对很多人来说没什么的事，在朱莉这儿就又是一件让她神经紧绷的事。

好在，刘医生很有耐心，可能也是要争取第一次来看病的客户吧，如果能让客户第一次来就诊时满意，那这个客户很大的可能就会成为长期客户。而朱莉更是从另外一个诊所转过来的，而且是看了网上的好评转过来的，所以刘医生和助理也是尽她们所能，要把朱莉的牙洗好。

因为事先先打了麻药，所以朱莉对在她口里所用的各种工具都没什么痛感。刘医生和助理事先还替朱莉测了牙龈深度。这是朱莉在另一个诊所所从来都没测过的事。原来的谭医生，虽然经常恐吓她有深度牙周炎，但从来没有给她测过牙龈深度，而谭医生则每颗牙齿都做了深度记录。已经有多颗都在 4-7 之间了，1-3 表示轻度，4-7 表示中度，再深就表示重度牙周炎了。测了以后，朱莉心也比较放下了些，毕竟最严重的牙医也才到中度，只要好好洗，好好保护，还是有恢复健康的可能的。而不像谭医生恐吓的那样，牙齿会一颗一颗掉下来。正因为与潭医生有了一个显明的对比，所以朱莉更接受刘医生提出来的治疗方式。

而且刘医生因为没做广告，诊所也没有别的医生，所以来看牙的人并不多，这也保证了她可以给每个看牙的人充足的时间，有充足的时间做介绍和做检测。

当然，到朱莉后来再访问刘医生时，她也明白了，她的态度在朱莉第一次就诊时是最好的，因为是为了获得长期客户，从第二次开始，态度与第一次相比就要逊色一点了。当然，与谭医生比，还是要好了一个等级。

第一次洗完后，朱莉又约了第二次的洗牙时间。还是约在中午。因为朱莉他们的上班时间是灵活机动的，所以，朱莉可以不用请病假，洗完，等消肿了以后，再去上班即可。

不过，第二次洗牙后，等朱莉回到家，发现手机上，家里的电话，都已经有她的上司帕特尔博士打来的几个留言了。

"什么事这么急？"朱莉心里有所不满，毕竟这才是中午时间，无论如何，她的上司可以猜想这个时间她正在吃饭。

朱莉连忙打了一个电话过去，问什么事？她的上司帕特尔博士说：他想找她改个界面，但却发现她不在公司，问别人也不知道她去了哪儿，所以就给她打了电话。

朱莉说："修改界面的事这么急吗？我刚去牙医哪儿了。现在脸上麻药还未退，正肿着呢。你可能也可听出来我现在说话还有点吐字不清的样子。我就是觉得这个样子不好看，所以没有洗完牙直接去公司，想等麻药消退了以后再去公司，如果你真这么急的话，我现在过来也可以的。"

结果帕特尔博士又说没那么急，他只是要知道她去哪儿了而已。朱莉心说，怎么这么怪，我去哪儿你都要关心。难道我就不能去你不知道的地方吗？

心里嘀咕归嘀咕，还是谢了他，说："那既然这样，我等会就去公司吧。"

那时候疫情才刚刚在美国起来。而美国人还没有戴口罩的习惯，公司已经听得有人在她所在工作的办公室咳嗽。

朱莉心说，这也不知道他们得的是普通感冒还是新冠。朱莉在中国的父母这时候都让朱莉一定要出去时好好戴口罩，但接着纽约又传来戴口罩的亚裔被打的消息。

朱莉从那时候起，开始就请病假在家上班。还未等她回公司上班的时候，公司已经正式宣布除了几个必须要在公司工作的，都在家上班了。

所以朱莉自从第二次洗牙后去了一趟公司，就一直在家上班了。

本来牙医诊所还需有一次预约的，朱莉一想，疫情开始，牙医诊所是最可能感染的地方，因为病人必须摘了口罩才能看牙，而自己也已经深洗了二次了，两边的牙都算是洗完了，第三次属于后访及一点其它治疗，可去可不去，所以打了一个电话过去，把第三次的预约推掉了。

朱莉没想到，这一推，再拜访牙医诊所是在二年以后的事了。

而那时，已经物事人非，生活重新安定下来，疫情的恐慌也已经过去。

在那期间，她曾带女儿去看了她以前的那家诊所牙医，及一家全新的家庭医生诊所。

疫情后接下来发生的一些事，让她疑心大发，甚至怀疑与她的牙医诊所也有关系似的。因为这个疑心，所以使朱莉一直推迟了去看牙齿的计划。

直到后来，生活重归平静，一切都上了轨道，一场恶梦好像已经完全醒来，她才又去拜访了那家诊所。

那时候，那家诊所的生意已经比二年前还要好了。至少她去的时候能见到在她前面的患者，而还未看牙结束时，又能见到新的患者进来了。

相应而来的是，刘医生的态度也没像以前那么好的。

而原来在朱莉看来的隐患却还未曾改正：助理常常在病人的手续中间去接电话，而接完电话，却不更换手套。

当然，与朱莉之前的那家诊所比，态度与时间的宽松度还是好了不少。

朱莉本来想把庞蕤和庞文彬也都推荐去这家诊所的，但看到这个诊所的一些变化，她还是打消了这个念头。因为这个诊所毕竟是在他们保险的计划外面，如果用这家诊所治疗，从自己口袋所掏的钱会把在原来诊所所掏的钱贵。

朱莉自己等于是多花钱买刘医生更好的服务。但一旦多花的钱买不到很多更好的服务的时候，就对把那家诊所推荐给她的女儿和先生的动力就不足了。

二十．送油的人

这是一家已经存在一百多年的送油公司了，叫 Petro Express （石油快递）。送油的人汤姆已经摸清了其中挣钱的门道。而在朱莉这家，这些年来，送油的人可没少捞到油水。

汤姆随着这家公司的发展，开始老了。他从高中毕业就在这家公司一直工作，一恍，几十年过去了。

之所以他还在这家公司工作，是因为在挣工资之余，他可以在送油的过程中挣到外快。

他已经确定这家女主人是个糊涂蛋。收到帐单不管上面写的是多少钱，她都是照单全收。不光按时付费，而且零投诉，十几年来，一个投诉电话都没有，她甚至从不联系石油快递公司。

除了一次。那年是大华盛顿地区这几年来最寒冷的冬天，气温都降到了摄氏零下十多度，这在大华盛顿地区冬天最低气温平均摄氏零下二度华氏二十八度的历史上来说，也是比较冷的冬天。他所在的公司送油不及时，女主人又是糊涂蛋，从来不去看油还剩多少，居然把一罐近三百加仑的油都烧光了，没有了暖气，她才打电话给石油快递公司让赶快来修复。

但他最喜欢这种从来不看油还剩多少的客户。这样的客户，他才能放心大胆地做手脚。比如，加油时，把上次加完的油不清零。再比如，把别人的加油量算作是她家的等等。

她家的地址在他的小本本上记在绿色一页。每年冬天，至少能从她家多挣外快一千美金。

但，现在他开始对这家女主人是否是个糊涂蛋有点怀疑了。因为，有一个特殊的客户找他针对那家女主人做一件事，他出钱。客户自称约翰。是为政府做事的。当然对于这一点汤姆是很怀疑的，因为美国政府再不怎么地道，也不会如此明目张胆地自称政府的人而对一个普通公民私下里做一些手脚的。如果真的是政府的人，他也肯定不会说是政府的人。

但他没有反驳约翰。他为什么要反驳他？他刚好需要一个理由让他收受钱财的良心好受一点，而约翰提供了这个理由。那他假装就是在帮政府做事，顺便挣一点钱好了。

要做的事很简单，简单来说，就是下次送油时，他要跟汤姆一起去朱莉家送油，然后，由他约翰来加油而不是汤姆来加油。就为了跟着加一次油，那人愿意出五万美金。

为了自己尚未泯灭的良心，汤姆紧紧盯着那人在油罐边上的各种行动，以防他做出对那家女主人有害的事。毕竟，这么多年来，他统共才从那家多挣了一万美金左右，这次也不过五万美金，为了这么一点钱，他可不想让女主人有什么大的损失，特别是如果这事是因他而引起的话。

放心了。从加油车往那边看过去，虽然被一丛迎春花挡着，但冬天的迎春花都已经掉了叶，从疏朗的光秃秃的枝条看过去，约翰除了正常加了个油，好像还在什么地方接了一根线。接线处就在迎春花丛旁边的外墙。接线时间前后不超过二分钟。

为了给女主人留下个警示，汤姆故意留下了一张比平时价格高得多的收据，期望女主人会产生警觉，然后查看油罐，也许会发现在那墙上多出了一根线。

"靠给人加油，你没少挣钱呢。"约翰回到加油车，看着汤姆打印油价，好像知道他的伎俩，不无讽刺地加了一句。

天地良心，这次汤姆真的不是想挣这个钱，五万美元已经足够多了。他真的只是想给女主人一个警示。

他在想他会收到一个投诉电话，从朱莉家打过来的投诉电话。结果他失望了。那家女主人照样按上面的价格迅速地支付了油钱。

下个月，他再去加油时，就没人跟着了，但五万美元只为了装一跟什么线的事一直困扰着他。

他又给留下了一张价格高得离谱的收据。如果被投诉了，说明她已经开始对送油的人产生了怀疑。

结果，他还是收到了朱莉支付的油价。这次，只是慢了一点。

汤姆已经到退休的年龄了。除了在加油时耍点小滑头，他基本是一个守法的公民。这收的五万美元让他心里不安，怕会给朱莉造成什么麻烦。

而朱莉好像一点都没察觉。这一方面给了他安慰，至少说明朱莉没出事，另一方面也给了他折磨，因为他不能置身事外，毕竟他知道有人盯上了朱莉。

他很想就此退休了。眼不见为净。但他又想确保朱莉是安全的。而要知道她的状况，他唯一能做的是冬季的每个月给她去送一次油。然后把帐单送到她的门口。如果她恰好在，她就会开门收帐单，如果她恰好不在，他就会把帐单塞在她的门缝。

油罐车发出的声音是很大的，如果她在家的话，她肯定能听到油罐车的声音。有时候，为了确认她好好的，他甚至把她家的油和她前后左右邻居家的油错开来加，这样加她家周围邻居的油时，他也可知道她家的动响。

朱莉只觉得这个冬天的油实在太贵了。油罐车发出的声音比平时大，而且油罐车比平时来得勤，经常能在附近邻居的门前见到油罐车。

她不知道油罐车加油还有这些猫腻，总以为油和电一样，都是让付多少就付多少。可能今年的油价实在太贵了吧。

但汤姆不知道，朱莉其实是听到了那次装那根线的声音的，那天，朱莉突然听到迎春花丛那面的墙上发出了巨大的嘈杂声，好像是拨弄树枝擦过墙壁的声音。但又一想，即使有树枝擦过墙壁的声音，怎么可能这么大声。她之所以没有出去看，是因为相信光天化日之下，能有什么事情发生？而且这种像树枝擦过墙壁的声音，她好像已经不至听到过一次了，以前也在那个方位，也是传出过这种巨响，以前也是没出去看，后来也是不了了之。也没发生什么事情。所以那次也只是在心里疑惑了一下，没有出去看个究竟。

要一直到后来，朱莉对各种事情都开始产生怀疑后，她才去那面的墙壁仔细地去看了一个究竟。

二十一．迈克

饶是丽莎对小区这么了解的人也不知道迈克的底细。

朱莉曾经问过丽莎，迈克的来历，丽莎对他几乎一无所知，甚至连他的肤色都有点吃不准。

迈克的肤色在朱莉看来也是很奇怪的。像是会变的一样。以前记得他的肤色是偏黄的白色。但最近仔细看了，他的肤色竟然是偏黑色的。但他的脸型不是任何黑种人的脸型，而是典型白种人的脸型，可能是这个缘故，使得丽莎也对他的肤色也吃不准。因为如果你是从远远地看他，你一定会猜他是白人，但如果你仔细看过他的脸，你却知道他的脸的颜色是偏黑的。

对朱莉来说，仔细思考了一下他的肤色又多了一些其它的疑惑：她曾经看到过不知是他的老婆还是谁，那是个典型的白人，而且她也见到过他看上去弱不经风的女儿，也是一个典型的白人，甚至这几年，他的家里有时还会出现一个刚会蹒跚地走路的小孩，大概是他女儿的孩子，那个小孩也是纯粹的白种人。如果他是黑色人种，不可能女儿和外孙都是纯粹的白色，虽然从概率而说，还是有很小的概率的，但这种概率微乎其微。

所以即使朱莉作为邻居已经知道他的肤色，当丽莎问起来时，她也是本能地感觉到说不准。

从表面看来，迈克好像大多数的时间都是一个人生活，他的老婆或者伴侣很少出现，但这也是从表面上看起来的样子。虽然是邻居，朱莉居然也是不知道他的真实生活状态的，甚至他老婆有没有和他生活在一起也不知道。

每一个节假日，他家的门口总是冷冷清清。

但几年前的一个夏天的周末，迈克家里却也曾热闹过几次。有一次，是迈克家的一只白色的猫就趴在朱莉家与他家之间的草地上不动。有几个人，几个年轻人和迈克都想叫它过去，但它就是不过去。这时朱莉刚好出去倒垃圾。那个白猫却朝着朱莉一边喵喵叫着，一边起身跑过来与朱莉亲昵。

那几个年轻人可能觉得这种情形很好笑，白猫本来是迈克家的猫，结果却不愿意听他们的招呼回迈克家，却仿佛是认了朱莉才是它的家人似的，都笑了起来。在笑声中，朱莉倒是觉得有点窘迫。也不敢让那只白猫跟她回家。

后来，想起来，那些年轻人中没有一个是黑肤色的，都是白肤色。说明迈克的亲戚或者打交道的人中没有一个是黑肤色的，这让他的肤色也成了一个奇怪的现像。

那年的其中几个周末，他家总有一些年轻人。有时是一群年轻的女孩子，在迈克家的阳台上弹弹唱唱甚至还有一些聊天的声音传来。

细想起来，迈克家也是有各种不可思议的怪现象呢。

迈克家的那只白猫，是放养的。可能迈克没有精心照顾它，脸上总是脏得不行，眼屎都快糊住了眼睛。毛色没有光泽。看不去不太健康。也许可能是老了的缘故。

出于同情，朱莉见到它，总要回家给它拿点吃的，并用不用了的碗给它装一碗水给它喝，也可能是因为这个缘故，它对朱莉很亲。

最早知道那只白猫是迈克家的，是因为有一次，庞蕤放学回家，那时她还刚上初中不久，匆匆往家里抓了一把猫粮又跑出去了，问她干什么，说是门外有一只白猫好可怜，好像好久没吃了的样子，给它去喂一些。朱莉只从窗口往外看了一眼，还看到对面比庞蕤高一个年级的菲律宾裔的女孩子也用纸盒给它装了一碗水在喂它，旁边还有几个坐同一个校车回家的孩子都在围着，大概就是围着那只猫吧。

再后来，是庞蕤匆匆地跑进来，带着不开心的委屈脸向朱莉诉说："我们的邻居女人好 rude（粗鲁），我们正在喂白猫，她上来很凶地责问我们：'你们在干什么，你们在干什么，这是迈克家的猫，你们为什么要去惹它？赶快放了它。'就好像我们在欺负那个猫似的，我们只是看到它可怜，想喂喂它而已。"

原来这个小区还有这么粗鲁的人，这倒是没想到。朱莉让庞蕤带她指了一下是哪家邻居，原来是朱莉对面右边与朱莉家隔着两家的第三家那个邻居。

那以后，朱莉特意注意了一下那家邻居，女主人看上去是一个不知道是俄罗斯还是乌克兰裔人。因为听到她在手机里与人讲俄语。

女主人看上去四十来岁的模样，风姿尤存，年轻时一定是个大美女，不可想像这么美的人居然会这么凶地和几个孩子说话。

大概她以为那几个孩子会伤害到那个白猫吧。却打击了孩子们的一片好心和爱心。

那次事情后，才让朱莉注意到了那个邻居，也同时知道了原来那个白猫是有主人的，主人就是自己家隔壁的邻居迈克。

有时候朱莉下班回家，打开车库，白猫也会跟着走进车库。现在既然知道它的主人就是隔壁邻居，不是野猫，朱莉就不敢留它在车库里。

朱莉自己家也有一只白猫，是个室内猫，偶尔也会把它带到室外看着它玩耍，把它宠上天了，真是见不得邻居家的白猫受到这种对待，甚至连饥渴都成问题。但毕竟那是人家的猫，她也不好说什么。

那一年冬天，天气异常的寒冷，但见那个白猫依然出现在室外，它看上去已经很老，很脏，很冷了。朱莉叹息迈克这个主人是怎么当的，怎么可以让它这么冷了还在外面，那它与流浪猫又有什么区别？

那天，朱莉把吃的，喝的提供给它，但它已经没有胃口了。朱莉又去抓了一些猫的 treat 给它吃，它只象征性地吃了一二颗，但分明整个肚子都是瘪的。它又进入了朱莉的车库，朱莉让它在车库里呆了一会儿，但最后还是只能让它离开车库。毕竟不是流浪猫啊，如果是流浪猫倒是好办，直接让它在车库里住下就行了。但是，它分明是有家的，而家就在隔壁，把它留在她家的车库就不妥了。

朱莉突然又想起那个很凶的说俄语的女人，要是让她知道她把它留在车库，是否也会冲朱莉一顿乱吼。说：

"这是迈克家的猫，你干嘛要把它留在你的车库？"朱莉甚至可以从想像中见到她怒气冲冲的脸。

从那天后，再也没见到那只白猫。

第二年的春天到了，也没再见到那只白猫。朱莉心里一直有点牵挂。却见到邻居家多了另一只黑灰杂色的猫和二只狗。

有一次，朱莉散步碰到迈克在溜二只狗时，趁机问："你家不是有一只白猫吗？最近怎么一直没见过它？"

迈克只是说："它没了——它很老了，已经十岁了。"

朱莉也不便再问下去。心里却是有点悲伤，十岁并不怎么老呢。最主要是，她还想说："既然知道它老了，为什么那么寒冷的冬天不对它好一些，不给它吃得好些，不让它再出去了？"

但她知道，说什么也没有用了。再说什么，那个白猫也不会回来了。

之前，朱莉只把迈克当作一个普通的邻居，从来没有把他的行为和不寻常之处作其它的联想。

但一旦察觉到他的不寻常之处，她突然把过去看到的习以为常从不作多想的事都有了不一样的看法。

比如，迈克和朱莉家后院的外面是一个野生的公园。从后院到公园之间又有树隔出了一片空旷的草地。

那个草地按说是一个公共的空间，应该由 HOA（小区管理处）来管理，但从朱莉住进那个小区以后，那个地方都是迈克在割草。为什么不是小区管理处派人在那割草？难道迈克就是小区管理处的人？但如果迈克是小区管理处的人，那丽莎一定听说过他，因为丽莎是参与社区事务的积极分子。但分明丽莎对他知之甚少。

为什么他要自己割？在那野公园处有一个池塘，旁边也有一大片草地，那儿就有外来的割草工人经常在割草。从迈克家到公园虽然隔着一些树，但那些树都种得比较疏朗，树与树之间的空隙足以让割草机开进来，虽然会有一些不方便。也许他与割草的工人有一个约定，那片草地由他来负责就好了，不必由割草工人来负责。

不知道他长期割这么一片草地有没有报酬？要是有报酬的话倒是也可理解，毕竟是挣钱的活。但是如果是义务割草，那就要为这个长期的行为打一个问号了，为什么他愿意义务长期地割那块草？为了隐私？为了不受外人打扰？还是为了什么？

二十二. 南西

只有南西知道迈克的背景，南西就住在迈克的对面。

当年他们都是同事，这个 Sunset Valley （日落山谷）小区刚开始开发的时候，他们三个同事相约在这个新开发的小区买房做邻居。

南西隔壁的芭芭拉也是她的同事。他们这三家在这个小区已经至少住了四十多年，他们也从年富力强的青壮年到了老年。这三人中，芭芭拉最老，迈克最年轻。但现在他们都退休了。

这个小区不知道是什么个因缘，住着很多他们的同行。

比如比他们晚二十多年住进来的隔壁的菲律宾家庭的何塞也是他们的同行。

可能是房价刚好合适吧，这个小区的房价适合中产偏上中产家庭，优质的学校，不是贵得离谱的房价，恰好适合重视教育，又不想住小房子，房价又不是很贵的家庭。

虽然他们都退休了。但职业的敏感性还是存在的。

这个小区光是在他们住的的小道两边，就发生了很多事。这些事引起了他们的警觉。

最严重的一个事，就是那家房地产中介马娜的儿子猝死事件。

虽然连她家人都已经接受是意外，一件普通的猝死事件。但他们职业的敏感性当然知道，猝死很可能是人为造成的猝死。

虽然这个地方表面看上去风平浪静岁月静好，他们其实一直在紧张地注视着那家人的变化。

他们看到了那个女主人马娜因为伤心过渡而搬家了。后来，很快，丽莎把她家的房子挂出去出租。

他们看到一家墨西哥裔的家庭住了进来。那个家庭明显与这个小区的家庭有很多的不同。才住进来不久，周末就已经开了好几个热闹的派对。那家有个儿子好像是开卡车的，还有一辆摩托车，半夜三更，甚至能听到卡车发动机在哪儿突突突的空转声及摩托车的轰鸣声。

这一家与整个小区是违和的。

与他们对面的邻居倒是曾经相得益彰。

原来，只有他们对面的邻居曾经是这个小区的异数，那家邻居自从十年前她女儿搬走后，就恢复了平静。现在新搬进来的租户却又成了异数。南西觉得，有什么重大的事情正在小区发生。

这个重大的事情包括房地产中介马娜儿子的猝死事件。

这是一系列发生的事情中的一部分，所有此期间发生的事，都只是那个重大事件中的一个支节。

她静静地观看着这一系列的变化。她看到了芭芭拉边上俄罗斯裔邻居家在庆祝孩子的高中毕业。她也看到迈克左手边邻居，即芭芭拉对面的邻居在卖房，新搬进来了一家新邻居，是一对年轻的夫妇和两个年幼的一儿一女的白人家庭。居芭芭拉消息灵通地说，那家男主人也是他们的同行。

她虽然离职了，但她的同行如此密集地住进她的那个街道还是让她的警觉性高度地强大起来。

这儿必定发生着一件非常大的不寻常的事。

是什么事？

这几家邻居中除了她的同行，一家华裔家庭已经出事了。住进来一家奇怪的墨西哥裔的家庭。

而朱莉这家华裔家庭，在她眼中，现在也突然非常地不寻常起来。

那家华裔家庭本来在她眼中，是一家典型的华裔家庭。夫妻两人都工作，一个女儿在读书。他们是女儿要读初中时搬来的，安安静静的一家，偶尔节假日会有几家朋友过来聚会。他们家女儿每年过生日时基本上南西都是知道的，因为他们家女儿的生日每年必过，而且每年过得比较大，会请很多孩子过来。每当他们家女儿过生日的时候，就是那家华裔家庭最热闹的时候。因为会有不少孩子陆续地送来，有不少车子停在路上，而到要接的时候，这条路上都会停满了来接孩子的车辆。

然后，突然，那家家庭就好像只剩女主人住在家里了。男主人一年也就出现个一次两次的。那家女儿好像也在外地上大学了，只有在假期才能见到她。

而以前偶尔的节假日的派对都几乎不见了，更不用说孩子生日时门前的热闹。而那个女主人，好像平时除了工作谁都不接触，把自己封闭起来的样子。

甚至都不怎么跟小区的人接触。

以前，还能见到她经常在小区跑步，南西的丈夫在跑步时也碰到过她几次。自从她的先生好像离家了以后，再也没见到过她在小区跑步。

然后，有一天，突然，见到她的房前的那棵树绑了一个无线的太阳能灯。晚上，路人或车子一旦经过，那个灯会突然亮起。吓行人一跳。

芭芭拉和她的老公经常在小区散步，他们就说第一次曾经被吓了一大跳。

后来，她的屋内架了一个冲着室外的摄像头，再后来前面窗台上又架了两个无线的摄像头。小区人的来来往往都会被摄像头摄进去。

为什么有这些变化？是因为那家华裔房产中介孩子的猝死事件引起的吗？

这些变化，让南西都觉得非常可疑。与芭芭拉和迈克交流了后，他们决定要在暗中监视朱莉家的变化。

后来，南西隔壁菲律宾家庭突然在半夜里搬空了，住进去很多在一线工作的同行。那些人偷偷地住进来，一点都不让别人知道。只有南西这种原来干这行的才知道她的邻居家菲律宾裔家庭发生了什么变化。

也只有她才知道，那些住进去的人架起有多少的最先进的仪器都对着朱莉的家庭，她在网上的每一个搜索，她在电脑上敲下的每一个字，她所用的每一个仪器，包括体重计、血压计、血氧仪显示的每一个数据他们都监控着。

饶是她做了好么多年的此行，她都觉得这么对一个公民的监控已经超出了合法的范围。除非他们有证据确定对面的那个华裔女人有他们监控的理由。比如影响到国家安全等非常严重的事由。

但她想，也许他们也是为了确保她的安全需要吧。看来，那家华裔房产中介家庭马娜儿子的猝死确实不是一件简单的事。他们可能是为了避免出现另一起这样看起来的事故吧。

好在，那个华裔女人不可能知道她的对面有这么多人紧盯着她的一举一动呢。

这个紧盯，不光光只是紧盯着她的一举一动，还包括紧盯着她周围的人。

连送油的、收垃圾的、收回收的、收树叶的、送邮件的、送货的人一个都没放过。连上门发广告的、上门砍树的、上门检查白蚁的、屋顶公司的人都没放过。

一时间，似乎这些人都举止可疑起来。

收垃圾的人，好像特别地对朱莉家门口的垃圾更关心一点。

以前，收垃圾的人都会把垃圾筒直接拖到垃圾车一倒了事。现在是一袋一袋地拿出来的。而且照南西的看法，他们会把朱莉家的垃圾放在一个特定的角落，可能为了收回去垃圾后再作整理、查看。收垃圾的和收回收是两拨人。收回收的人也分明在关注着从朱莉家回收的内容，从朱莉家回收回去的所有物品都是放置在一个特殊的位置。

从亚马逊及联邦快递送的货都已经不是直接送到朱莉家了。都要先送到南西以前工作的相关部门，由部门的同事假装送货员再送货上门。

邮局的人也换成了她原工作单位的人。他们以前一部分的工作就是成为密探，假装成邮递员，收垃圾的，送货员，修屋顶的，打扫卫生的人员，而受关注的对像都是对国家的安全或政策有着重大影响的人。

现在，她看到那些同事把这些手段对准了一个深居简出年轻善良的邻居，一方面引起了她很强的好奇心，另一方面也激起了她的保护欲。她知道，他们的工作不泛有完全搞错了的情形发生。正因为完全搞错了的机率很大，所以他们才做得神不知鬼不觉，这样如果一旦确认搞错了，他们就悄悄地放弃了行动，而被监视者都不知道身边曾经发生过那么多的事。被监视者以为所见的邮差就是正经的邮差，收垃圾的就是正常收垃圾的，上门送广告的就只是单纯送广告的，送货的也只是单纯送货的。反正，邮件也没丢，货也都送到了，垃圾也都收走了，推销的也被打发走了。所以，还是会很正常地过着他/她的生活，而不会在身心上造成什么损害。

但也不是所有上门的工作人员都已经被南西的同事所替代了。

比如，朱莉用的一家上门送亚洲超市菜的就一直由不同的华裔在送货，虽然她相信那个应用已经被她的同事严密监控，包括她点了什么菜，价格多少，用哪个信用卡支付的，等等。朱莉家对面菲律宾家庭里办公的她的同行也都不是吃素的，对于这种信息的掌握不是一件难事。但是，他们没法控制谁送货上门，那是一家据说有中国投资背景的网上超市，主要卖些华裔爱吃的生鲜食品。

又比如，朱莉用的手机是华为手机，她的同行也肯定会以为华为掌握手机的后门，而在华为背后，一定有中国政府的操纵。

又比如，朱莉用的微信，数据库也在中国，虽然南西相信她的同行也已经进入了微信，能够直接监控朱莉所有在微信上发的信息，但也必须相信，这些信息中国也一样掌握着。

又比如，南西的同行无法控制朱莉在网上说什么话，传递什么信息，也无法控制朱莉打电话给谁。

因为他们部门的行动在掌握确切的证据之前都是偷偷进行的。

一个斯诺登已经让她一直为之服务的部门蒙羞，说是政府偷偷监控着普通的居民，如果他们不严格确保他们的行动不被觉察，而是被揭发出去的话，那不知会造成什么样的后果？特别是，如果最后证实他们对朱莉的监控都是莫须有的。

这个原因也造成了一定的监控的真空。她就看到小区里搬进来了一家屋顶修理公司，那家屋顶修理公司分明也对朱莉产生了兴趣，短短的一个夏天，已经有五六拨的人去敲过她家的门，说要对她家的屋顶进行免费的评估。

这条信息引起了南西和芭芭拉以及迈克极大的兴趣。为什么这拨人对朱莉家的屋顶这么感兴趣？她家的屋顶有什么特殊之处吗？

他们只记得朱莉家的屋顶自从四十多年前小区开发建房后，只换过一次。那是上一个华裔家庭王健家搬进来后换的，请的也是华人的屋顶公司。想起来，那屋顶也有二十多年的历史了，换上的屋顶是三十年寿命的，从寿命上来说，还有几年寿命，但从型号上来说，现在已经不存在了，不生产了，所以如果真有理由换屋顶的话，保险公司也是会同意换的。

她的同行偷偷去了解过新搬进来小区的那家换屋顶公司，MLC 公司，那是一家有俄罗斯背景的屋顶公司。

而且，南西、芭芭拉和迈克一直知道朱莉家右手边隔壁的那家即瑞秋家也是一个门道很复杂的家庭，而且种种迹像表明，那家人里面也是偷偷地住进去了一伙人，就像菲律宾裔何塞家里偷偷地住进去了她的一伙同行一样。

那一伙人又是什么路数？为什么围绕着朱莉一家，小区发生了那么多的变化？有各国的背景，有各种不同的目的？

这是因为什么呢？

当南西看到朱莉家的窗户室内出现了 WI-FI 摄像头时，她立即明白：朱莉警觉了。她已经觉察到了什么？

当南西看到朱莉家又多了两个无线的摄像头时，她明白：朱莉不光警觉了，她恐惧了。

她警觉到了什么？她又在恐惧什么？

而且朱莉以前会把所有不要的信件都原封不动地放在回收箱，现在却会把地址和姓名剪去后才放到回收箱，垃圾也不会轻易的扔了，确保是真正的垃圾才会扔。

难道她已经知道收垃圾的收回收的人现在已经都是南西原来工作单位的人了？难道她已经知道有人对她家的垃圾和回收都在感兴趣了？

她怎么会有这么强反侦探的能力？

她难道真的是一个非常特殊的人。就像南西她一样，假装已经是一个退休了的普通老人，其实还在继续在为原来的单位提供一些服务？

那朱莉为之服务的单位是什么？

南西好像突然明白了为什么南西的同行们要对她进行这么严密的监视，她看上去确实很特殊。

而这个小区，由各国背景组成的小区，这个时候在南西眼里，已经不再是一个中产上中产生活的小区，而是一个战场，一个世界大战的战场，各个国家的人都有参与的一个世界大战的战场。一个高科技战争的无声的沉默战场。

这个战场，充满着反监控与监控，情报和反情报，最顶尖的窃听技术和反窃听技术，最顶尖的无线和通讯技术。

她甚至知道，她的上级部门派了一个专门研究大脑活动能读取大脑信息并干扰大脑信息的顶尖专家偷偷在一个半夜住进了已经很拥挤的菲律宾裔何塞的家里。

那个专家研究的方向也是这个星球目前最顶尖的科研，还未用到民用，而先用到了国防，整个星球的民间还不知道美国对人大脑的研究已经到了这个深度。

二十三. 对面的那家菲律宾家庭

对面的那家菲律宾裔何塞家庭现在住着许多人，但他们都静悄悄的，谁都不知道看上去好像没人的家庭其实里面有很多人在紧张地工作着。

那个家庭的车库前没有停着一辆车，表面上看起来，那家人好像是出去旅游了。路过的行人会以为那是一个空着的房子。

最初那些工作人员是因为对朱莉的上司帕特尔博士的怀疑而进而监控他周围的人的。她的上司帕特尔博士最近新买了一家豪宅。根据他们对他的了解，资金来源很可疑。

现在已经怀疑他私下出售了美国太空军卫星发射时间和资源调度的软件给了中国。而开发这个软件的六个人中，有三个是华裔，其中两个是从大陆过来的，另一个是从台湾过来美国的，叫陈彼特。台湾来的向来被美国认为是"自己人"。而那两个从大陆过来的人中，其中一个是因为练一种被中国禁止的功来美国的，拿美国庇护绿卡，叫许峰。拿美国庇护绿卡的人当然也被认为是"自己人"。只有朱莉是在改革开放后富裕起来的中国来到美国的。她本人也是中国改革开放的受益人。原来在中国一家教育类排名第一的互联网公司任部门总经理。所以如果要怀疑也有华裔参与其中的买卖，那么朱莉是最可疑的怀疑对像。

所以最初是把朱莉当作怀疑对像的，但后来发现，她的上司帕特尔博士一直在监控她。而她好像也知道她被帕特尔博士监控，心里对帕特尔博士的监控行为很不满，所以近期正在找工作。而且经调查，她没有任何资金的可疑进项。不光没有，她还正面临着一个民法官司，民法官司要求她赔偿四万多美金，她正在为此事焦头烂额，根本不像有外来资金进来的人。

所以，本来已经对她的监控变成了对她的保护。因为他们进一步地了解到，帕特尔博士有一些极端右倾的思想，上一次回印度思想上好像又受了一些危险组织的影响，对女性比较歧视，认为女人就应该呆在家里。怕他一旦知道他的资金来源受怀疑，他会把一切事情推给朱莉背锅。

但是，在对她的监控中，发现朱莉过于的警觉，非常的聪明，又开始怀疑她不是一般的人，说不定是在为中国政府做事。而且她既然这么警觉，一旦让她知道她被监控，并宣扬出去，就又是一件斯诺登事件，甚至比斯诺登事件还严重，对美国政府是一件非常不好的事。

谁都不想让斯诺登宣称的美国政府暗地下严密监控着公民的行动被证实。一旦被证实，那就是一个天大的笑话，从此，再也不用向各国兜售美国式的民主和自由，也不能再指责别国政府监控自己国家的公民了。因为美国政府所做的也只是"五十步笑一百步"而已。

所以监控的目的，开始变得越来越复杂，既要保护她，又要监控她不让她有机会知道她被监控的事实。

后来，事情还是变得越来越复杂了。连南西家也偷偷地住进了好几个 FBI 的人。而据说，那几个人是专门负责大案的人。

看来，有来自不同国家的好几拨人都同时盯上了朱莉的家，盯上了朱莉家所发生的一切举动。

只有朱莉好像被蒙在鼓里。

二十四．辞职的决定

朱莉并不是一时冲动提出的辞职。实际上，她特别希望能再过半个月至一个月再辞职。因为这样，她的工作就满三年了，她的退休金 401K 公司匹配部分就能全部保留，还有一些公司发的大部分股份能保留下来，如果工作不到三年，只能保留一部分的公司匹配的 401K 和小部分股份，更主要是她的简历能看上去好看些。

但，世界上不如意之事十之八九。眼见着就快工作满三年了，就是无论如何都没有办法再拖上半月一月的了。

因为那个周末出现了一件无法从她所学到的知识能解释的事。除非是自己被这个世界上拥有最先进科技的力量盯上了，而那个科技朱莉在现实生活中还从来没碰到过的。

事情是这样的：

前面说过，有一个奇怪的陌生人来敲她家的门。朱莉从自己安装的摄像头中发现，那个人是开着一辆白车来，直接停在她家的门口，敲了朱莉家的门，见朱莉没有来应门后，又直接开走了。

如果只是来上门推销修屋顶的，那肯定不会只在朱莉家门口停留，而会沿路敲各家的门的。那个人这个样子，分明是只针对着朱莉家。而且那个人不止来过一次了，第二次来，还是只针对着朱莉家，而且手机上拿着一个手机，对着朱莉家的 Wi-FI 监控器在手机上按按这按按那的，不知在干什么？

这事，引起了朱莉的怀疑。然后，又发生一件事。朱莉在睡觉前，摄像回放，
突然发现有人骑一辆自行车停靠在朱莉家门口的那棵大树上，好像要干什么？因为那儿没路灯，朱莉看不清楚。但这时候，对面那家邻居的自动灯突然打开，朱莉看到那人连忙骑上自行车飞快地跑了。

至于那个人本来在干什么，朱莉就看不清楚了。

那二件事后，朱莉为了扩大监控摄像的监控范围，又买了一个摄像监控器，这次是无线的，不用 WI-FI，而是用无线通讯技术，花费了朱莉四百多美元。买了后，因为安装麻烦一直未安装。

结果，那个周四，AltitudeX 公司就发生了一件非常奇怪的事，朱莉拨下老笔记本电脑的无线鼠标接口后，不到五分钟，就接到了帕特尔博士的电话，他要求朱莉进了那个敏感的项目工作。

然后，在安装相关软件时，被那个项目的负责人乔治发现，朱莉在公司的电脑里另外装有一个 Linux 系统。而朱莉对此一无所知，不光如此，朱莉以前所做的项目也在那儿发现了备份，而照例来说，朱莉是不应该在自己安装的系统中留下一个备份的。看到乔治严厉的态度，好像这是一件非常严重的事。

朱莉吓得脑子里一片空白。她对 Linux 系统根本一无所知，实际上她对计算机系统都是不怎么了解，一直就是能用就行了，能编程就行。那个系统既不是她安装的，那个备份也不是她备份的。她自己会拷贝几个文件夹在差不多同一个目录下，只是为了一旦一个文件夹坏了，

还有另一个文件夹备份。但她根本做不到装一个 Linux 系统，并把整个项目在那儿作备份。她以前所有对计算机文件的操作要不是一些常用的指令操作，要不就是根据部门发给她的步骤文档一步一步跟随着建立起来的操作。但从那个项目负责人的语气中，她能觉察到这是一件很严重的事。严重程度好像等同于盗取公司的数据或版权之类。

既然知道不是自己干的，那就是有人背着她干的，或者有人以她的名义干的。为什么要这么做？为什么要嫁祸于她？

没想到自己居然会碰到这么一起代码栽赃案。如果有人栽赃于她，谁是栽赃人？只可能是帕特尔博士。

现在又是帕特尔博士要她加入这个敏感项目，难道不是想进一步陷她于不利吗？

周四的晚上是一个不眠的夜。各种阴谋的推演让她混身发抖，嗓子发干。是谁，想让她掉入这个陷井，是谁，想陷害她，嫁祸她？帕特尔博士的背后还有谁？是哪个势力？

周四的晚上终于就这么在长夜无眠中熬过去了。

周五的白天总算也熬了过来。

是因为她证明她确实对 Linux 一窍不通。她当然也会用一些 Linux 指令，那都是根据他们部门发给她的步骤一步一步操作的。比如，步骤上让她输入 cd ..，她就输入 cd ..，她也知道那个指令是指把文件指向上一级，就这些类似的简单的指令，都是照着步骤操作的。而她自己根本不用接触到 Linux 系统，也不需要，所有需要用 Linux 的版本，她都会用 Window 的替代版本。

这时候，她已经相信她是被一个什么神秘但能量巨大的势力盯上了。再联系想到近期发生的种种奇怪的事，马上觉得为了保护自己，必须把那个无线的监控器安装上。

周六迫不及待，起床后第一件事就是安装无线监控器。

那个监控器有两个摄像头，因为是室外的监控器，放起来不太方便，所以朱莉选择把一个摄像头放在了她女儿以前房间的窗外，那儿有一个高起来的砖台。

她通过把监控器摄像头放置在窗台，并用橡皮筋固定在窗框上的方式，在把监控器一个摄像头安装在了二楼的窗台。

另一个摄像头放置在了一楼大餐桌边上靠近大门处的窗台。

朱莉选择把监控器放在厨房电话坐机旁的大理石台面上。

调好时间和摄像头后，如果摄像头见到人经过或者车开过，监控器会显示动态画面，同一个时间还会进行录像。同时，监控器音响还会发出嘟嘟嘟的声音。

奇怪的是：画面上明明显示有南西夫妇经过，但当朱莉冲到窗前想确认时，才发现南西夫妇根本就没有路上。

等了一二分钟，才看到南西夫妇肩并肩地从路的那头走过来。这难道是说，这个摄像机能提前摄到人吗？但是那个摄像头视角根本到不了一二分钟远处的路那头。

然后，朱莉看到监控器里看到有一个特别像帕特尔博士的人拿着手机走过。一边低头看着手机，一边又抬头看看每家的窗台，好像在找什么？

朱莉连忙冲到窗户往外看，那个人已经走过了朱莉的门前，正在低着头盯着手机，往前面走，已经快要走过芭芭拉家了。因为只看到了他的一个背影，所以不能确定朱莉肉眼看到的是否确实是帕特尔博士。

但自从像帕特尔博士的人走过门前后，监控器的嘟嘟声就不再从监控器传来了。而是从电话坐机传来。如果朱莉重起监控器，会有那么一二次声音会从监控器传来，然后声音又会从电话坐机中传来，而监控器就不会再有嘟嘟嘟的声音了。如果这时候又有一个未接电话留言的话，那电话就嘟嘟声不断了，那叫一个热闹。

朱莉的神经都快被崩溃了。这些匪夷所思的情节居然会出现在现实的生活中。解释不了，无法解释。

然而，当天晚上，发生了一件完全超出朱莉认知范围的事：

那天晚上，朱莉听到房子外面好像有猫的唉嚎声。好像受了重伤了的样子。听上去声音好像像是她女儿养的猫辛巴的叫声。朱莉又想到她在屋后放了一个让野猫可过冬的箱子，会不会有野猫去那儿避寒遇到了狐狸什么的也在那儿避寒，被咬伤了？又会不会是她女儿养的辛巴不小心跑出去了，这时候想进屋而进不去了？

不管怎样，她都觉得有责任去看一下。如果是前者，那野猫被咬伤她也是有责任的，她本来想做一件好事，提供给猫猫冬天避寒的去处，如果反而好心办了一件坏事，她也会内心不安的。如果是后者，那更要去看看，她女儿的猫猫辛巴都像是宝贝一样养的，可受不了这冬天的寒夜，虽然是二月了，但天气还是很冷。

尽管她这几天受各种种种离奇发生的事影响，心情很不好，睡眠也很不好，但她还是硬撑了起来，披上一件外衣，走下楼去，走到最靠近那丛迎春花花丛的窗前，往外看了看。

没有看到任何猫，也听不见叫声了。朱莉正准备离开，上楼睡觉。

这时，她无意中察觉到那个窗户的对面一辆停着的黑车有个奇怪的现像：那是一辆非常普通的黑车，但它有一个非常不普通的影子。

按说，路灯靠在朱莉家的这边，那个黑车的影子，如果有影子的话，影子是应该在车的那一边的，被车挡着，朱莉应该看不到那个影子，除非影子过长，但无论如何，那个影子是不可能朝向朱莉的。但这个时候，朱莉看到的那个黑车的影子却是分明朝向朱莉的方向。

而且，那是一个奇怪的影子，影子很大，颜色很实。即使是车子那边有光源照过来，也不应当出现这么大、形状这么分明的影子。

但，朱莉也未作多想，因为心里关心的还是那个猫的叫声，但在脑中留下了一个"好奇怪"的印象，就准备上楼睡觉了。

经过监视器时，她无意识地看了一下监视器，这时四下无人，电话机也不发出嘟嘟声了，总算安静下来了。朱莉看它的心情是比较平静的。

但这一看，身体立即僵住了：

监视器上的画面里是普通的黑夜中的小区夜景，其中有黑车，但是，不是一辆黑车，画面上显示的是两辆黑车！

这也不是两辆普通的黑车，而是两辆警车。都亮着警灯。像是正停在案件发生现场。

朱莉吓得灵魂出窍。赶忙又冲到靠路的窗口去看那辆黑车。从窗口看过去，那还是一辆平平常常的普通的黑车，但是有一个非常不普通的影子，影子过于大，形状过于实，方向完全违背物理原理。

但车子，还是确确实实是一辆普通的车子，一辆，不是二辆。

再跑回监控器处，看到的还是两辆警车，像正停在案件发生现场，警灯是亮着的。

朱莉再次跑到窗口确认，窗口那边看到的还是一辆普通的黑车和一个不普通的影子。

这么来回跑了几次。朱莉感到自己浑身的冷汗刷的一下下来了。

朱莉这下确定了：自己不知怎么着，牵涉进去了一件非常可怕的事。有一个可怕的势力，也许不仅仅只是一个势力，而是几个势力，现在正在她的身边，她的一举一动，都应该落入了那些可怕势力的监知范围。

怎么了？发生了什么了？自己这么普通的生活，普通的中产，打着一份普通工资的工，怎么会有如此离奇的事情活生生地发生在自己身上？

这件事，成了压倒骆驼的最后一根稻草。

她当下下定了决定：周一要做的第一件事情，就是辞职。

离开那个危险的工作，虽然离三年只剩下半个月的时间了，她不能再等下去了。

君子不立于危墙之下。她盘点了她生活的种种，任何方面都普通得不能再普通。只有工作，现在接手的项目在她眼中是敏感烫手的项目。

其实像她这样没有高级安全证书的雇员，根本是接触不到敏感的政府项目的，如果那个项目敏感到需要高级安全证书的话，那 AltitudeX 公司是不可能也不应该让她去做的。所以，其实只要是让她可参与的项目，都应该当作是不敏感的项目。

但朱莉实在想不出自己在哪一方面可能会引起可怕势力部门的关注。所以想来想去，也就只有目前所做的项目可疑了。再加上这个项目是帕特尔博士让她去做的，现在既然怀疑帕特尔博士想陷害她，那说不定那个项目原本她就是不应该参与的呢，让她参与这个项目，可能就是帕特尔博士想陷害她的计划的一部分吧。

再想起乔治严厉的态度，可见那个项目不是一般的项目，不应该是一般人可参与的项目。

还好，自己虽然已经下载了那个项目的源代码，但由于在她公司电脑上发现装有 Linux 系统插曲一事的打扰，她还一行都未曾看过源代码呢。等于还没着手开始介入。

不要等到介入时才辞职，就在还未正式开始时辞职是目前最好的选择了。

这个时候也不要再去想做满三年的事了，做满三年与目前遇到的危险比起来简直已经是不及一提了。

周六深夜在监控器上发现的离奇画面促使了朱莉做出周一一上班第一件事就辞职的决定。

二十五．真正的战役

经过几夜的无眠，终于迎来了星期一早上的曙光。朱莉起床第一件事就是发邮件给公司高层和技术部的人员说：她从现在这个时刻开始不会参于任何工作，参加任何网络会议，如果有她参加的网络会议，那么那个人一定不是她，而是有人盗窃了她的身份，假冒的她。

然后，她才发了一封信给行政部并抄送公司老板的女儿苏珊提出自己因身体健康的原因辞职。

朱莉家对面的 FBI 人员们都看到了朱莉发出的两封信。都在猜测在那个周末夜晚，到底在朱莉家里发生了什么事？甚至连他们都没能监控到。以至于她突然于周一提出了辞职。

于是，朱莉家对面的 FBI 工作人员给已渗入在 AltitudeX 公司的 FBI 工作人员发出了紧急指示：朱莉今天早上的第一件事是已经提出辞职。

是的，那个负责有关军事和空间新项目的人乔治就是 FBI 的人渗透进 AltitudeX 公司的。平时，他只是像一个普通的工作人员，真正的身份是 FBI 的人。目前大家都在远程工作，这种身份渗透太容易不过了。即使他是替代真正在 AltitudeX 公司的员工都没有人知道。

不知道周末发生的什么事，引起了朱莉那么大的反应。

FBI 监控她的事被她发现了？他们明明给了她足够的信号：是帕特尔博士在监控她，而不是别的什么人。

看来，朱莉家对面 FBI 工作人员的工作还是没能做到家，这么门对门地监视着，怎么还能不了解她到底是遇到了什么事情，让她一下子由一个极力想维持工作状态的人突然上班第一件事就提出了辞职？

上星期才以公司的名义给她发了一封信，表明必须要等她工作到三月份，才能领取全额 401K 公司匹配及大部分股份的，就是为了稳住她。

FBI 总部的人立即通知乔治，给予朱莉所有管理员的最高权限，看她会怎么做？如果她利用管理员权限偷窃公司数据，刚好借此把她抓捕了。

没想到朱莉又立即发了一封 email 给 IT 部门说，要求把她现有的一切权限都取消掉。并提出把她以前向政府部门申请的未过期的电子安全证书过期，以防被人利用。

在 FBI 严密的监听和监督下，公司的副主席，也就是公司主席的女儿苏珊与她通了一下话，问她："为什么要辞职？辞职后要去哪儿？是不是有人要对她不利？是不是帕特尔博士？"

副主席满心希望朱莉不要把帕特尔博士拉扯进来，自从看到朱莉被作为重点监视对像，她曾希望自己的公司能与朱莉尽快分割开来，能抓住朱莉什么工作上的把柄把她裁了，但总抓不到把柄。

现在她自己提出辞职，那是最好也不过了，但她同时希望以后朱莉不会把他们公司告到法庭，比如告他们监控员工什么的。她已经暗暗查明了帕特尔博士确实在监控她，但帕特尔博士负责着她公司两个最赚钱的政府项目，她可不希望帕特尔博士有任何牵涉到违规的事情中去，如真要牵涉进去，那只能把 AltitudeX 公司与帕特尔博士切割开来，让他独自去背这个锅。

没想到，在电话里，朱莉只是说：是她最近身体不好，而且因为最新的项目涉及到安全问题，为公司和她自己考虑，才辞职的。

副主席明显地松了一口气。

朱莉立即要求把她的一切网络和权限都断了，此后，她不会再参加任何 AltitudeX 公司的任何远程会议，如果此后有人以她的名义参加什么会议，那可以断定那个人不是她。

副主席苏珊说："好的，我们会让技术部门立即去办。你担心有人以你的名议参加什么会议，那个人会是谁？是不是帕特尔博士？"

她再次提出了帕特尔博士。并把帕特尔博士的名字放慢了，一个字一个字地说出来的。

朱莉说：她只是为了小心起见，并不是怀疑什么人。

然后，朱莉把电话挂了，把网线断了。

苏珊没有与帕特尔博士说到朱莉发信从此刻起她不会参加任何网络会议的事，只是告诉帕特尔博士说："朱莉已经因身体健康的原因提出辞职。"

帕特尔听到这个消息无疑是开心的：因为她的辞职事件没把他牵涉进去。

他知道她已经怀疑他在监控她，现在她以身体健康为由提出辞职，是他最乐于见到的结果。

他早就想把她裁了，只要有她在公司存在，他总怕她总有一天会坏了他的大事。事实上，他也早已经处处挑她的刺，希望以项目不再需要她的名义与她解职是最好的。

但不知什么原因，总是没能成功。这次可是她主动提出辞职，那是最好也没有了。

所以还给朱莉发了一个邮件，夸她以往工作做得好，还说：虽然她没向他提出辞职显得不怎么专业，因为他毕竟是她的上司，照惯例她应该是要首先向他提出辞职的，但他也理解她因为身体原因想辞职的做法。最后，他说："我会让行政人员联系你讨论后续的相关事宜。"

但他没有想到，在提出辞职前，她先是发了一封信给高层和相关技术部门，说明她将不会参加接下来的任何工作，特别是不会参加任何会议，任何以她名义参加的会议都将不是她。

那个下午的一个会议，照例有朱莉参加。然而，当那个"朱莉"参加后，所有参加会议的人都听到了一阵刺耳的回声传来，是帕特尔博士连接到朱莉在公司的音响传出来的声音。所有参加会议的人这下都知道了原来这个会议是被那个"朱莉"一直监控着的。

就在那时，潜伏在帕特尔博士附近的 FBI 工作人员突然大批闯进了帕特尔博士的新别墅，刚好把他逮了个正着。因为那刺耳的声音刚好从帕特尔博士的音响发出，引起的回声。

是帕特尔博士在用朱莉的名义登陆了会议。

是他在监控整个公司的会议，监控这个敏感的政府项目。朱莉其实从来都没有参加个这个政府项目的会议，都是帕特尔博士在操控，在会议中，"朱莉"将会全程一言不发。但没想到今天露陷了。因为 IT 部门的人都已经知道朱莉发的邮件称她接下来不会参加任何会议，而帕特尔博士却不知道。而 FBI 把"朱莉"的帐号与帕特尔博士的电脑连接了起来。

这只是抓捕他的一个名头。私下监控联邦政府的项目、私下监控公司的员工是犯法行为。但只是犯的小罪。

其实是因为他的银行帐号里有一笔神秘的大钱进来，他还用那个钱款买了一个别墅。他涉及的犯罪远远大多私下监控的小罪。先得把他抓起来，才能继续调查出他的其它罪名。而因为朱莉辞职，以后不能通过监控朱莉来监控帕特尔博士了，所以今天就得把他抓捕了。

等把他抓起来后，那边监控帕特尔博士的人员就通知了朱莉对面屋里的 FBI 同事，朱莉对面的 FBI 同事们以为事情已经到此告了一个段落。就三三俩俩都出来了。

他们已经在里面呆了一个多月了。这一个多月的时间可并不好受。这下大家都心情放松了。

他们没想到他们出来的一幕刚好被朱莉看在眼里。

等朱莉再登陆公司 VPN 的时候，发现已经登陆不上去了。

然后，她无意中看到了对面的菲律宾邻居家车库门大开，一辆车子开了出来，还有一群拿着大包小包的人走出大门。

这时，菲律宾邻居家的车开来了。下来了她的邻居何塞老婆和女儿，与那些人打过招呼，两辆车子先后开出车库，那群拿着大包小包的人上了车子，而菲律宾裔邻居家的车重新停进了车库。

朱莉恍然大悟，原来，对面的邻居家一直是有人的。

这些天来，她一直以为对面的邻居外出不在家，原来家里藏着这么一群行为诡异的人。而邻居与他们显然都是认识的。

朱莉正在目瞪口呆中。这时，她突然看到一辆白色的小车，从马路的另一头，飞快地开了过来，停在了对面邻居的路边，然后，她手上的华为手机自动地重启了。朱莉吓得魂不附体，立即下意识地把手机关机了，没想到它又再次自动地开机。朱莉死死地按住开关键，又把它手动关了机。然后她看到，那辆白色的小车，停了一下后，又飞快地开走了。

二十六. 这才是开始

那一波人都走了。

但在南西家善后的 FBI 工作人员的工作却还未完成。

他们的任务是，要务必保证朱莉又重新过上正常的生活。务必保证朱莉没有对任何事情发生觉察，没有发觉 FBI 在监控普通公民生活的事。

如果被朱莉发觉 FBI 在监控着普通公民的生活，那么那件事情恐怕比抓捕帕特尔博士还要严重一百倍。

一旦让朱莉察觉 FBI 在监控普通公民，那么可能接下来就要对朱莉采取一定的措施了。这就是留在南西家的那拨人员要做的事了。

朱莉对当天看到的一幕产生的冲击波久久不能停息。她一直在心里回放着对面邻居的车库门突然打开，开出一辆车子，并从正门走出大包小包的几个人的事。她还回放着那之后一辆白车突然开过来，停在邻居那边路上，然后她的华为手机无端自动地开机。

她原本以为只是帕特尔博士监控她，后来因为什么事要栽赃她，现在却发现，事情远远并不如此简单。

那时候，她还不知道对面的邻居是在 FBI 工作的。这要到后来丽莎告诉她她才知道。

这样的场景几次在她心中回放后，突然一个名字自动跳了出来：斯诺登。

朱莉心里一阵电光火石，对洽洽这只老猫说了一句："原来，我们是生活在楚门的世界啊。"

就那么一句话，就像一声霹雳，打开了一个尘封已久的山门，魔鬼放了出来。

原来，以为前面所受的折磨已经够让人心惊胆战，无法想像。没想到，这句话后，以后发生的事，才是一切磨难的开始。

当天，她的脑子和身体就被什么击中，她好像听到异常嘈杂的声音，那声音直接往她的脑子里钻。脑子和心脑都像要被裂开。

是什么？

既然朱莉这时已经很有把握自己是在被监控中了，虽然不知道是因为什么？但显然是被很大的势力不知为何监控了，那么对发生的一切都朝那个很大的势力具有的能量和能力方向猜就对了。

次声波。

朱莉自己回答了自己的问题。

为什么要动用次声波？

想让我发疯。或者甚至杀死我。

为什么要让我发疯？

如果我发疯了，我再向外界说有 FBI 在监控普通公民就没人信了。

朱莉自问自答了几次。也明白了那个很大势力的底线所在：只要想把人搞疯了，让人不会相信一个人的疯言疯语，那么这个"FBI 监控普通公民"的论断就不会有人相信了。

知道了底线在哪儿，朱莉就在微信上与庞文彬说了这个事。说："有人在监控我。现在有次声波把我搞得很虚弱。"

朱莉现在已经相信，如果 FBI 在监控她的话，那监控她的人肯定不止一路。有 FBI 也会有与 FBI 相对立的势力，而她在微信上发的信息，肯定所有监控她的各路人马都知道了。

微信上的庞文彬就说："不可能有人监控你的。你又不是什么大人物。怎么可能有次声波。你是不是疯了？"

朱莉心想：疯了就是他们想要的效果啊。而且目前这个与她聊天的人是不是真正的庞文彬也是可疑的了。就像她在公司的帐号分明就是被帕特尔博士冒充一样。

朱莉说："我才没疯呢，我脑子清楚着呢。"

但次声波让她的身体很虚弱，她感觉那声音是从她房间靠近加油罐的那壁墙发出的。她突然想起来，以前就听到过那儿有树枝拨动墙壁的声音。

二十七．次声波事件

朱莉在微信上说了次声波的事情后，还是觉得不可思议，真的会碰到这么离奇的事情吗？

而且自己的身体虚弱得都快起不了床，甚至睡不着觉。老觉得脑子和心里都是嗡嗡的一片嘈杂的声音。

感觉这样下去真的可能要没命了。

这时，命运的悲怆感浮上了心头。

如果当年听父母的话不出国就好了。朱莉已经算是比较晚出国的了，她的研究生同学们比都她早了几年出国。

朱莉在国内工作了几年，发展得好好的。年纪轻轻就当上了公司最大部门的总经理，甚至有自己的助理。也已经在深圳买下了一百十多平米的一套房子。自己与庞文彬两人加起来的工资就算在到处都是老总的深圳都是高的。

朱莉出国后，一切又要重新开始，而她的那些留在国内的同事们，下属们，同学们都发展得好好的。如果自己还在国内的话，肯定还是人中翘楚。怎么当初会选择来美国受这个罪？

受点罪也算了，年轻，经得起生活的磨砺。怎么还摊上这些莫名其妙的事了？

在国内过着富有平安的生活不好吗？

回想起来，母亲说的话都是对的。她就说："你们在国内要工作有工作，要房子有房子，安安稳稳的生活不要，去美国干什么？"

但那时，一心只想往前飞，觉得在国内做到部门总经理好像已经做到头了，看不到发展的方向，而美国这个外面的自由的世界看上去像一个谜，等着她去开发，等着她去追梦，所以就一心想出来了。而正当她想出来时，刚好庞文彬就碰到一个好机会，他的导师想离开在美国工作回中国了，而那家公司让他推荐一个人，他就推荐了庞文彬。

这么好的机会怎么能放弃？那时候朱莉的同学们打破头都要出国的，考 GRE，考托福，申请学校，申请奖学金，申请签证，还得退回培养费给国家，每一步路，都是艰难的奋斗过程。而他们能省却这一系列步骤，直接申请签证就好了，比学生签证 F1 容易多了，学生签证还要向外交官保证学成是要回国的，因为 F1 签证需要证明没有移民倾向。而他们就不需要，因为 H1B 是可带移民倾向的签证。更何况，学生签证签出后，他们就得靠奖学金生活，而庞文彬有一个工作等着他，至少不用像学生签证那样过着很简仆的生活。

所以是朱莉怂恿庞文彬接受这份工作的。朱莉想出国的念头比庞文彬更强烈。庞文彬那时在华为工作得好好的，高薪，高股权，出来的愿望就没有像朱莉那么强。

就这么出来了。当时看来的美好规划成为了她目前遭遇的不测命运的重大缘因。

后悔啊，从来没有像这个时候更后悔出国的了。如在国内，上有父母的慈爱，下有女儿的抚育，中间有姐妹弟的扶持，是多么平安喜乐的人间烟火。

而现在，莫名其妙地受不知何方高圣的监视，莫名其妙在公司在家遭遇各种匪夷所思的事情，眼下更是受次声波的伤害，得罪什么了？一辈子正直本分地读书工作养家糊口，怎么解释眼下所受的命运？

又想起了被庞蕤称为光头叔叔的庞文彬的同学裘平。当年朱莉还在北京上学的时候，曾在车站碰到他，他那时为了留学美国在中关村的新东方上 GRE 和 TOEFL 课。

后来，他们都在美国见面了。他也找了个宁波姑娘作老婆。结果，才四十多岁就离世了。

如果他当年不出国，是不是也不会发生这么悲惨的事？

当年他们都以为是奔着更好的前程来到美国的，却原来是亲手把彼此更好的前程葬送。他更惨，连命也葬送在异乡他国了。

他在国内的父母与妹妹，朱莉都是见过面的，也一起拍过合照。那时，他们一大家子都在核物理所过着幸福的生活。谁会想到，出国不到二十年，他却会不在人世了。

如果上帝再让他与朱莉重新作一次选择，朱莉有把握他们两人都不会选择来美国。

他的母亲接受不了儿子已经离世的事实，一直逃避着这个事实。人家问起来，就说："他在美国忙着呢。"

可怜天下父母心。

又想起了自己的父母，朱莉想起她还未给父母尽足够的孝呢，她可不想让她父母承受裴平的父母承受的这个伤痛。所以她一定要坚强起来。

而且，她还有女儿，虽然已经成年，但还未毕业，还未经济独立，为了父母与女儿，她都不能倒下。

这时候，朱莉真的觉得只有向佛祖求助了。如果真有命运，那一定有菩萨，这个世界不会有孤粒子。任何事情都是成对出现的。有阴必有阳，有生必有死，有死也必有生，有无常，那一定也会有常。

朱莉很小的时候就自发地知道这种辩证法。比如，小时候，总有大人讲鬼故事吓他们。但她就不怕，因为她早就心里笃定：如果这个世界真的有鬼，那么这个世界上也一定有菩萨。那如果真的遇见鬼了，只要向菩萨相求就行。所以行夜路的时候，当她心生恐怕的时候，她就念念阿弥陀佛，心里就安定下来。

更何况朱莉父母都信佛，所以她有事的时候也更倾向于向佛祖求助。

当下，让简直要爆炸了的心先平一平，她突然想到了女儿以前住的房间里有两串木头做的佛珠，不知道从哪儿来的，也曾经问过女儿，她说她也不记得，也许可能是以前她回中国与她爸爸去峨眉山的时候得到的。这时候，她也顾不得多想，立即把那两串佛珠戴在手腕上。并把她母亲上次回国时送给她的一串玉石做的佛珠也赶紧戴上，那串佛珠是她母亲专门叫人念过经的。她曾经一直戴着，但有一次半夜醒来，发现手很麻，就想着是不是戴着那串佛珠的原因造成的，所以后来就把它放起来了。

这次就又拿出来重新戴上了。说来也怪，等她戴上这三串佛珠，来到洗手间时，那压在心头和脑中的嘈杂声，突然之间，就消失了。

就这么，消，失，了！！！

她又回复了正常。她得救了。虽然身体依然很虚弱，但她知道她已经渡过了一劫。

是真的佛珠起的作用？还是如果真的有施加次声波的势力，是那个势力放过她了把次声波停了？她不得而知。

但她不敢在自己的房间继续睡了。她搬到了女儿以前住的房间睡。

而就在那个时候，她发现文学城有一篇新闻，说是白宫发出奇怪的响动，白宫里的工作人员怀疑是受到了次声波的袭击。而且描述的症状及白宫工作人员受到的折磨正是朱莉这几天刚刚经受过的。

朱莉突然又想起，她家当年收养洽洽老猫的时候，工作人员曾经介绍洽洽那只猫就是因为主人得了精神病住院，而被解救出来的。

她突然产生了疑问：那家主人当年真的是得了精神病吗？还是也是受到了类似次声波的攻击？如果是受到了类似次声波的攻击，那么是为什么？也是因为发现了被FBI监控吗？

她突然觉得，就连她家的那只洽洽猫都不同寻常了。那个洽洽猫被解救出来后，被医生判定不宜收养，而放到野外，但看来那个组织没有放弃跟踪洽洽，在她八岁多时，又把它领回那个收养组织，并经常带它去参加各种领养活动，以期被收养了。它她是于快十岁时才被朱莉的女儿庞蕤收养的。

不久前的一次半夜里，朱莉曾被洽洽撕心裂肺大叫的声音叫醒，当时她感觉是如果不是洽洽及时地叫醒了她，她可能就永远醒不过来了。

洽洽好像有一些特殊的才能？它为什么能判断她当时遇到了危险，必须叫醒她？它是不是在上次的那个家庭就遇到过一些相类似的情形，所以它才有了这方面的经验。

如果朱莉有洽洽上个主人的信息，朱莉真想立即就调查一下，那个主人经历了什么？为什么最后得了精神病？

原来动物救人的故事一点都不假，朱莉上一次就是觉得她被洽洽救了一次。现在，则是被佛祖或者什么神秘的势力救了一次。

人说，母女连心。在远方的父母，以前除了圣诞节会打一个电话过来，从来不主动打电话过来的。这阵子，好像心里得到了什么感应。

每星期他们都给她打个电话来。而且每次都恰如其份地劝慰她：船到桥头自会直。不要多想多虑，能回国的时候，回中国吧。叶落归根，父母现在也老了，也希望能多见到你。

父母的话，像是在沙漠里跋涉的旅人遇到了清泉，一点一滴浇灌着朱莉焦虑烦燥及充满恐怖的心。

朱莉下了决心，这辈子她的使命还未完成，她还需要守护着女儿就像父母现在这样守护着她一样。她还需要尽孝，父母的恩情还未报答，还没到能离开这个世界的时候。

朱莉的姐姐妹妹和弟弟，也显示出了血浓于水的亲情的力量。他们那种必须支持姐姐/妹妹到底的干脆也是她选择坚强起来的动力。

朱莉又想："我自己的使命也还未实现呢。记得高中的时候写《生命的沉思》，觉得雁过留声，人过留名是体现生命的价值。现在的自己可不要被高中时候的自己嘲笑了，半辈子过去了，反而活得不如高中的时候通透和明白。"

经过这几番匪夷思议的遭遇，朱莉对生命和生活有了更简单和透彻的醒悟：原来，生命中最重要的人，就是你的儿女，你的父母，你自己和你的兄弟姐妹及你收养的猫猫狗狗，除此，没有什么是更重要的了。

认请了这点，她以后就不会再为朋友的背叛而愤世嫉俗。因为朋友本来就不是你身边最重要的人，你也不是他们身边最重要的人。她以后也不会为了丈夫的背叛而伤心，因为丈夫也不是你身边最重要的人。你们只是因为年轻时的吸引或缘分走在一起，如果有一天，你们越走越远了，那也只是一个正常的现像，而且没那么要紧。只要你还保持着你自己，与丈夫能走多远只随缘份即可。丈夫丈夫，一丈之夫，现在庞文彬已经离开她太久太远，走散了又有什么稀罕，没走散才叫稀罕呢。

没想到，因为经历了这几场匪夷所思的遭遇，让她对人生有了一个透彻的了解。险中也包含着极大的得。所谓富贵险中求，也是差不多的意思吧。

二十八．名世界

《金刚经》中有几次对世界的定义：世界，非世界，是名世界。

就是说世界其实是不存在的。只是一个命名的世界。

避免了次声波的伤害后，朱莉的世界并没有好多少，而是出现了各种想像不到的现象。

比如：外面的噪音传到她的屋子里后，就像放大了的声音。声音甚至比在屋外听到的还要响。隔壁女邻居瑞秋家割草的声音就让她受不了，加油的人加油车发出的声音也听上去非常的巨响，连斜对面隔几家邻居家装修的声音也听上去像是放大了很多倍。甚至小区的很远处，都会传来轰轰轰的声音，就像这个声音是笼罩在整个小区似的。朱莉都不知道整个小区是如何忍受得了这轰轰轰的声音的。或许，只有她才能听得这么响亮？

次声波是不见了，但这些噪音还是困扰着她，就像家里安装了扩音器，外界的声音都被放大了似的。

而且每天临晨，直升飞机轰轰地开过她家的屋顶，就像要把屋顶要掀开。

朱莉不得不把耳朵捂起来，但那些声音就像捂不住的一样，能往她的耳朵里钻。

但是，当她走到屋外，那些声音却反而要小一些，正常一些。所以当她受不了这些噪音时，就只能跑到屋外去。

但又觉得自己的行为很可笑，所以跑到屋外时，只得找一些事做，整整垃圾箱啊，收拾回收箱啊。否则跑到屋外，只是瞎呆着，真的看上去很像是个神经病才会做的事。

但，慢慢地，她发现了一个很好的躲开噪音的地方，那就是那个写作的书房。因为她最近已好久无心写作了，所以要到很晚才发现这个现像的。

不知为什么，一到那个书房，世界就静下来了。隔壁邻居割草的声音也变得遥遥可听了。

然后，不一会儿，朱莉就会看到那个跑步的人又跑过了她书房的窗口。就像计算机的一段程序又开始运行了。

晚上睡觉的时候，做各种各样的梦。

还会听到那个华为手机充电的房间不时地发出充电脱开接触又脱开又重新接触的警告声。而那个洽洽猫，一晚上都会巡视于各个房间，发出拖长的唉嚎声，一声接着一声的，在各个房间传来。当朱莉一要入睡，斜对面那个邻居就会打开大灯，灯光通过他家的大窗照进朱莉睡觉的她女儿的房间，直接照到她的眼睛。

那一天，狂风大作，风好像要把她家屋顶的瓦，全部都掀翻吹走。而那大灯也准时亮起，照到她的眼里，在另外一屋冲电的华为手机发出各种点答的警报声，洽洽一个房间一个房间地唉嚎声，朱莉真的觉得脑子快要爆炸了。一只手紧张地无意识地把那两串佛珠从腕部脱下又戴上，脱下又戴上。

这时，她好像听到一个男的严厉的声音，这不是什么友好的声音："戴好佛珠！"朱莉才意识到她正在脱下又戴上佛珠，连忙把佛珠戴回原处。

突然，世界静下来了。大风也停止了。对面的房间的灯也关了。华为的手机不再发出各种声音，洽洽也安静下来了。

这些奇异怪像若非朱莉亲历，说出去就连父母都不会相信的。

第二天，朱莉专门去看了一下斜对面那家的邻居，发现窗帘已经拉起来。从哪天起，朱莉又搬回自己原来的房间去住了。

朱莉的脑子好像也有人在操控似的。有一次，她做了红糖银耳。但那天因为通过华人的网购网站购买食物，送货员送食物时发生了一件特别奇怪的事，所以朱莉疑心发作，觉得自己还在受人监控。所以盛了红糖银耳后，正犹豫吃不吃。突然不由自主地咳了几声，然后，好像有一个声音在对她说："红糖银耳对肺好，治咳嗽。"这个声音朱莉觉得不是她自己想的，好像是另有一个力量塞进她的脑子的。被这一吓，朱莉不光没吃，还把那个红糖银耳倒了。

那件送货员送食物时发生的奇怪的事是这样的：朱莉从窗口明明已经看到了一个华裔年轻姑娘搬着食物走过客厅的窗，朱莉因为不想让年轻姑娘看到她在看着她搬东西就赶紧走开了。等到她以为她应该已经把食物已经放在门口的时候才打开门去看，结果却发现门口没有放食物的箱子。她正诧异，找了一下，在车库的门口见到了那箱食物。但朱莉明明是看到她已经走过了客厅的窗的，而要把食物放在车库门前面，是不用走过客厅的窗的。

同样的事，也发生在她女儿的身上。那次，她女儿庞蕤外出回来，她明明看她女儿已经走过了客厅的窗，朱莉赶忙把客厅通向车库的门锁上，打开了大门，却听到她女儿在敲车库到客厅的门。

朱莉说："我见到你走过客厅的窗了，所以以为你要从大门进屋，才把这个门锁了，而去开大门的。你怎么又回来走车库门了？"

庞蕤说："我没有走那个道啊，我是从车上下来，直接就打开车库走从车库到客厅的门的。"

太怪了，这样的事已经是第二次发生了。朱莉也不好多说什么，难道自己看到幻觉了？

而声音也是，那天朱莉分明又听到直升机轰轰轰要把屋顶掀翻的声音，叫庞蕤听，庞蕤说根本听不到。

家里暖气也出状况，朱莉把暖气的温度往下调，照例说，暖气应该停下来了，表的数字也应该下来了。而恰好相反，表里的数字反而一个劲地往上走，暖气也继续轰鸣着，只有朱莉把表打到 off（关闭）的位置，暖气才会停止运行。

跟庞蕤一说，她当然不信。还说是不是朱莉的脑子出了问题？一个劲儿地劝朱莉去看脑科医生。

是朱莉的问题还是庞蕤的问题？一直来以为针对的只有

她自己，但会不会针对的是她自己的孩子呢？母性的责任感全面醒来，她把关注的重心调整了，现在全部放在女儿身上。

而让人相信她脑子有问题，特别是让她的女儿相信她脑子有问题可能就是出现各种奇异事件的原因。

事实上，她女儿已经暗地里向有关组织打了电话，担心自己的母亲脑子有问题，如果她的确发生什么事，那有关部门就已经有证据证明她的脑子确实事先已经被怀疑有问题了。如果她再去就医的话，好了，医疗记录也可明确证明她确实就自己的脑子问题就过医。

那么，所有的监控指证啊，所有的怀疑有人在用次声波啊，所有的被放大的声音啊等等，都全变成是她臆想出来的了。是她自己的脑子出了问题。

朱莉想明白了。就对各种奇异的事情不再表示奇异了。

有人就是要让人觉得一切都是她臆想出来的。这么一想，她也不把一切看到的奇异现像再告诉女儿了。她只告诉她女儿：自己的脑子没有问题。可能只是更年期比较多疑吧。

是谁在制造这些奇奇怪怪的事？等她想明白，制造这些奇奇怪怪的事只是为了让她向别人说这些奇怪的事而别人不信从而相信她脑子出问题后，她对那些奇怪的事也就都假装视而不见了。

奇怪的事，还有很多。包括：当她读书时，如果她要压下那一页的一角，以示自己读到了那一页时，那个角会奇异地自己就干脆地折出了一个痕迹。这个现象还是稍稍吓到了她，以至于她不敢再折角了，而是改用书签。

而当她用水时，那水滴最后会以比平时慢很多倍的速度滴落，就像有什么东西在上面吸住了它，以使它以慢速度地下落。而滴落时候会发出一声很大的声。"啪"的一声。

那时，她女儿的大学网课还未结束，她女儿住在地下室，老师讲课的声音有时候会放大到让她在一层做饭或读书时清晰可听，每句话，一个字不差的能听到。有时候却根本就听不到。就好像有放大器，把老师讲课的内容有时候放大了，有时候却没用放大器。

有一次她上楼的时候，感觉自己的咽喉好像也受人控制了，被捏紧了的样子。

朱莉就在微信上跟庞文彬说了，自己的咽喉好像也可被人控制的样子。朱莉知道，如果真的有几路人马都在监控，如果各路人马都是施展各种大法斗法，那么各路人马也一定知道哪些事是他们那路人马做的，哪些事是其它人马做的。

有意思的是，以前，朱莉说自己被人监控时，庞文彬那边总会说是她多疑，后来却说她确实被人监控了，这时候，却完全否认朱莉被人监控及控制的说法，只是指责她多疑了。

说明什么？说明各种奇异的事不全部是同一拨人做的，各拨人都做了一部分。但这个时候每一拨的人都需要让她相信，他们都什么都没有做，只是她多疑了。而每一拨人都已经知道对方那拨人能做到了什么，自己那拨人能做到了什么。

他们好像在朱莉的身上互相斗法。你做的我要拆你的台，我做的你要拆我的台。

也许，现在他们都已经知道了，朱莉是完全无辜的，各方都经历了一场误会。

现在有一方只需要朱莉相信，所有的一切都只是她的多疑。是她的幻觉。而另一方则需要朱莉相信，她是受到了相关部门的迫害。所以微信里开始关心她的体重，说她体重过轻，要她好好加强营养增加体重。

而他们之间的几次交量，也让他们发现他们的力量其实是旗鼓相当。

一方有能力改变天气，狂风大作，另一方有能力定住天气，风平浪静。一方有能力产生次声波，另一方有能力破解次声波。一方有能力控制脑子所想，眼中所见，另一方也有能力做到这一些。

当然，这一切都是朱莉的猜测。

在猜测当中，朱莉离职的当天，双方就已经经过了这么一次的交量。其中有一方把一切责任都成功推给了帕特尔博士。这么来说，帕特尔博士也不是百分之一百的有责任，有一部分责任估计也是有相关方面专门陷害于他的，让他背锅的。

在猜测中，那天晚上掀起的大风，要掀翻瓦片大风，也是人为造成的。只是没有成功，因为被另一方阻止了。

为什么要掀起她家的瓦片。她家的屋顶有什么特殊之处吗？

这之后，在中国的越野跑中，发生了运动员冻死的事，有传闻那是刚好当局在做一个实验，就是改变天气的实验。

以后的战争，有没有可能是双方发起天气战争？一方改变天气把另一方都冻死了，这战事就算完胜了。

朱莉的想像中，那天晚上就已经发生了这么一起天气战争。

但是是哪一方想把屋顶掀翻，是哪一方不想把屋顶掀翻？饶是她多么聪明，她也已经糊涂了。

总之，似乎经过这一系列的交量，双方都知道对方的存在了，看到朱莉没有什么确切的证据表明她是被监控的，围绕她的高科技战争算是暂时停止下来了。

当然，这一切都还是在朱莉的臆想中。至于事实如何？她早已经被搞糊涂了。只知道自己莫名其妙地成为了几方都感兴趣的人，希望现在都已经对她不感兴趣了吧。

二十九．一切法无我

洽洽是一只英国短毛猫。是一只雌猫，收养它时都已经快是一只十岁的老猫了，有着各种老年病。现在已经十七岁多了。

朱莉知道它很老了。朱莉很早就有预感它能活得很老。但印象中猫猫活得很长寿的话是能活到二十岁的。

所以朱莉以为它还有几年的寿命，活到二十岁应该没有问题。所以当它于那年六月离世时，朱莉虽然知道它作为一只猫已经很长寿了。还是有一点小小的遗憾。

要是当时宠物急诊室允许她和她女儿去陪它的话，也许它的病情就不会恶化。要怪，还是得怪那几年的疫情。

这个遗憾在她心里呆了一年多，直到后来，她查了一下，发现英国短毛猫的寿命要比美国短毛猫的寿命总体来说要低。英国短毛猫的寿命是 13-16 岁。而洽洽那时已经 17 岁多了。按照英国短毛猫的寿命来说，它已经是最长寿的英国短毛猫之一了。相当于人活过了一百岁。这个发现，把朱莉当时的遗憾才消弥了不少。

地球上的生物最后都是要走的。有始必有终。洽洽已经活到高寿，甚至超过了它作为英国短毛猫的寿命，在生前受朱莉他们家人的宠爱，朱莉也可放下遗憾了。

说到受朱莉他们家人的宠爱。朱莉又升起了一点点的遗憾。相比于从小养大的游游，对它的宠爱还是要少那么一点点。要是能弥补多好。

更何况朱莉觉得它似乎救了她一命。是它把她从恶梦中叫醒。醒来后，朱莉有一个感觉，觉得如果不是它把她从恶梦中叫醒，她可能就会这么在梦中永远睡着了。

这个感觉当然是很主观的。但朱莉相信自己的直觉。

这一年来，经历了各种离奇超出想像的事，如果说有人想要让她在梦中永远睡去，也都不惊讶了。而洽洽则是在当时及时地救了她。

朱莉甚至都感觉有人能把想法强加到她的脑子里。

比如，当她受次声波的困扰时，她甚至产生过自杀的想法——过得这么难受，不如自杀算了。但她马上觉察，这个想法不是她自己的想法。她从来都是排斥这种想法的。她很小就知道人是有责任的。一个人的生命不只属于她一个人。母亲冒着生命危险生下她，父母辛辛苦苦地把她养育成人，培养她，爱护她，是要让她有所作为的。如果一个人不能回报父母的辛苦养育，至少不要做让父母伤心的事。

小时候，她的姐姐因为一件什么事与母亲争执，摘下戒子项链离家出走。朱莉骑着一辆自行车，冒着仲夏的炎热到处去找她。在找她姐姐的路上，她就已经把这生死的事想通了。一个人的生命不只属于她自己，她还需对别人负责。比如，她的姐姐就必须对她以后的快乐人生负责。如果她姐姐自私地走了，那她下辈子就不可能再过快乐生活了。

早就想清楚了这一点，很小就想清楚了这一点的人，怎么可能会产生自杀的念头呢？所以她马上了解清楚自己不可能有这个念头，这个念头不是自己的。自己不光要好好地活下去，还要好好地报答父母及手足的恩情。

看来是有人千方百计地想让她永远睡去，让她自己自杀，后来则是千方百计地想让她认为自己疯了。

她才不会上这些当呢。那时，她开始读《金刚经》，"一切有为法，如梦幻泡影，如露有如电，当作如是观。"一切都是虚幻的，她为什么要上那些幻相的当呢。

而且，有邪恶的力量，也必有正义的力量。这世界始终是平衡的。她求助于佛经，通过阅读这些几千年的经典，终究让她正面的心念占据了心灵。

如果真有什么神秘势力，什么可怕的强大的势力在背后搞鬼，那所有的势力也都是有情众生，也都在佛经能解释的范围中。

"一切法无我，得成于忍。"朱莉学会了忍耐。

"世界，非世界，是名世界"朱莉学会了虚幻世界才是世界的真相，没有世界，只有名义上的世界。那就不再对各种离奇解释不了的事产生恐惧。

她只深深地看着那些来自外界或自身的幻相幻念，如同看一个深渊。同时锻炼自己的逻辑推理能力，只是想把一切串起来。

洽洽地离世前，其实已经很瘦了，朱莉想尽一切办法喂它，用针筒吸了食物喂它，但它还是吃得很少。

而且它的举动已经很反常了。每个夜晚，它都会在各个房间巡视，并于此同时，发出各种悲哀的嚎叫，与房间的各种莫名的响动，手机的各种莫名的响声，还有其它各种声音，以及外面突然打亮的灯光照到她的眼睛等交织在一起，让人根本无法安睡。

但不知怎么回事，朱莉却知道它发出的那些哀嚎是保护她的。具体她也说不清楚为什么，但既然是它把她从危险的梦境中叫醒，那它现在所做的一切也都是为了她好。

明白了这一点，使得朱莉对它特别有耐心。不管它有什么需求，都尽可能满足，尽量让它过得开心。

洽洽已经不能好好在沙盘里尿尿了。都是尿在外面的地板。

朱莉最初是买了婴儿铺的纸床单铺在上面。后来，她女儿帮她找到了专门给宠物用的纸床单。主要是给刚养的还未完成尿尿训练的狗用的。朱莉发现这个纸床单刚好可以用给洽洽。一方面是够大，另一方面是相比于给婴儿铺的，更便宜。婴儿铺的因为贵，朱莉一般会把一张剪开来分几次用。但剪开来后又太小，洽洽经常还是会尿在外面。有了专门给洽洽用的纸尿布后，就好了一些，大多数的时候，洽洽会尿在纸尿布里，只有少数时候，还是照样尿在外面。大概那时候，它已经需要朱莉对它投以更多的注意力了。

朱莉一直在等隔离措施放开后带洽洽去看一下宠物诊所。但就在朱莉打完第二针疫苗的当晚，洽洽发生了抽搐。在朱莉安慰下，它很快就好了。那时，已经是周日的临晨一二点钟的样子了。朱莉想等白天再带它去看急诊吧。但实在是等不住了，洽洽又一次发生抽搐。

朱莉当机立断，马上决定带它去看急诊。否则，如果洽洽当晚走了的话，她的没有及时送它去急诊的内疚会一辈子都跟随着她的。

当下不管自己刚打完疫苗可能发烧的情况，叫醒了庞蕤，一起开车去了一家宠物急救医院。

急救医院仍然实施疫情期的隔离措施，人不能进去。一个护士来把洽洽抱了过去。朱莉和庞蕤只得等在停在停车场的车内。

洽洽以前是非常害怕去诊所的。上次去诊所，它惨惨地叫了一路。这次，却非常乖，一路上都很乖巧，甚至也不抽搐了，完全正常了的样子。朱莉都觉得是不是这次这么急地送它来有点多余了。护士来抱它时，它才叫了一声。朱莉知道它是希望她们都能陪它进去的。可是，疫情期的措施不允许她们进去啊。她们也是没办法。

在停车场等了二三个小时。朱莉期待见到的洽洽会是一只治愈了的洽洽。就像二年多前，以为它那次要走了，没想到看完病回来，吃了一个月的药，渐渐地就好了。

可是，这一次，洽洽的运气没有这么好。抱出来时，不光比以前更糟糕了。它甚至不认识人了。

护士说，它在里面又抽搐了几次。估计护士也知道这只猫抱出去后再也不会回来了。在抱出来前，就发了一个付款链接给朱莉，要她付完了款，才会把猫猫抱出来。

朱莉的心碎了。

到家后的洽洽，没有任何的好转。反而是眼光都是散的，不知道在看哪儿，头到处乱摇，突然又张开大嘴。而且一点都不认识她们了。

庞蕤说："它的时间到了。我们应该不让它痛苦太久。"于是朱莉又打了原来洽洽常去的诊所电话。

原来那家诊所星期天是不开门的。但现在不知道是什么原因，他们诊所也开了急诊，不过只限白天。

朱莉与他们约了最早的一个时间。这家诊所是洽洽原来不叫洽洽，而是叫"白袜子"的时候，被无杀害组织解救出来后去的诊所，也是无杀害组织推荐给她的诊所，也是后来洽洽除了急诊以外看病的诊所。

那家诊所还有洽洽叫"白袜子"时候的病例。等于是洽洽的第二个家了。

诊所的医生说它已经很老了，也很瘦了，即使能治好，它估计也已经不会进食很多，最后就是活活饿死。而且看它目前的情形，应该是好不了了，连走路都不会了。不如让它没有痛苦地睡过去吧。

朱莉和庞蕤同意了。

在朱莉和庞蕤的守护中，洽洽安静地在它的第二个家，它被朱莉庞蕤收养后首次拜访的诊所也是它还是叫"白袜子"的时候就拜访的诊所永远地睡着了。

以它十七岁多的英国短毛猫的高龄，相当于人类一百多岁的高寿而终。后来这个事实的发现，也最终带走了朱莉的遗憾。它毕竟是太老了。

三十．检测白蚁的人

人世间再多的磨难也阻止不了时间的脚步，静悄悄地，一分一秒点点答答地走着，这就到了七月份了。天气晴朗，阳光正好。

朱莉正在厨房做饭。突然看到窗外飞过一群白色的飞虫，朱莉知道是白蚁又开始出窝，寻找新的驻地。

飞白蚁出来的不是时候，刚好是赶上了阳光明媚的白天。能在阳光普照之下，生存下来的，肯定不多。不知有没有白蚁能在被阳光晒死之前找到安身之处，并完成和另一个白蚁的交尾。如果不能完成这两样，那么这一整片的白蚁就会在一二个小时内死去。

大自然就是那么残忍。更何况，人类根本不欢迎白蚁。在室外也罢了，毕竟不会损害到房子，最多把人类种植的树木毁坏了而已。

但是，一旦白蚁进了房子，那是任何一个人类都必须做出的决定：除去它们还是等待房子被毁。对非佛教徒来说，要作出这样的决定，并不难，几乎肯定没有一个人会选择等待房子被毁，肯定是选择找人除去它们。

对佛教徒来说，则会是一个艰难的决定。因为佛教徒不杀生。

对于朱莉这样不是佛教徒但倾向于佛教的人来说，也是一个比较艰难的决定。毕竟她认同佛教的不杀生。

但是，自住的房子也直接关系到人类的生存大事，吃穿住行中排行第三，而且这个房子是朱莉他们在美国的最大的财产。

在这种情况下，大自然的法则也同样被运用于人类了：弱肉强食。人类也是大自然的一部分。

去年的这个时候，那还是二零二零年。也是四月的一天。朱莉看到客厅的墙壁里缝隙里涌出一团一团的什么飞虫时，她的汗毛一根根地竖起来。

她最恐怖的梦境变成了现实：从一开始，她直觉地知道这些飞虫就是白蚁。尽管她之前，从来没有真实看到过白蚁是长什么样子的。

她多么希望自己的猜测是错的，那些只是普通的飞蚁，或者其它的飞虫。但网上一查白蚁的样子，就是眼前看到的样子。

吓死了。房子马上就要被白蚁蛀空，整个房子很快就要被毁的情形立即就出现在她眼前。

想像中房子已经倒了下去。她与女儿成了无家可归的人。

她顾不上细想，拿起水来倒在了上面。

突然画面中又出现了小时候，有小伙伴喜欢往蚂蚁洞里浇水看它们挣扎的样子。

多么残忍的人类啊。现在她是知道了，那些小蚂蚁也都是生命。她在现实中，也是从水里或蜂蜜里会救下一只只小蚂蚁的，把它们放生。

但现在，她在做什么？她正在杀死那些小飞白蚁，而且绝望地认定：她别无办法。

而且，如果让她女儿帮忙的话，她宁愿自己做这件事，这个罪孽不要让女儿经受。

白蚁飞得当处都是，朱莉拿着一块湿布到处捕杀。

她觉得自己快受不了了。

她果然没受得了。不知道是心理造成的冲击太大还是杀生带来的后果，当天晚上，她的老毛病发作了。

她的心跳的毛病发作了。心跳一分钟达到二百下。

已经过去一个多小时了，她知道她必须去医院。

庞蕤想送她去医院，被她竭力劝住了。那时，正是疫情最凶猛的时候，医院是个病毒最多的地方，她可不想让女儿感染了。

幸运的是，医院里人不多，远没有到医院里人饱和了的样子。说明，美国做的压平曲线，让峰线不要过高的做法是成功的。没有造成医疗挤兑。

倒是医生，虽然见朱莉戴了两层口罩，还是一直与她保持着距离。以往，医生都会靠着她，有的甚至会握着她的手让护士注射让心跳减速下来的针。而这次，这个医生离开她几米远的地方，远远地指导护士打针。

当然，不知道是她避开朱莉，怕朱莉感染她，还是怕她感染朱莉。因为那个医生在过程中会不停地咳嗽几声。

医生胖胖的，不光咳嗽，还沉重地喘气。两条大腿很粗，朱莉听到她走路的样子，总会想起大象的脚。

打完针后，护士们抽了血，给朱莉输上液，就让她独自在各种仪器的监控下躺着了。这时，听到有护士来问，有女儿打电话来，找妈妈，是不是就是找她。她认真听了名字，听上去像是她的姓，但不确定。这时，庞蕤打电话来了。朱莉就知道那个打电话找的人不是她。就说："不是，我女儿正打电话过来，说明那个打电话的人不是我女儿。"

朱莉向庞蕤确认了她已经心跳正常了。庞蕤说要不要她来接她。朱莉说不用了。再说，她开着车来的，还得把车开回去呢。而且已经好了，那就恢复正常了。再说，当时就是不想让她冒感染的风险才不让她送去的，这时候，当然更不要让她接了。那时已经是临晨一点多的时候了。

最后，医生拿着检测单来了。医生照例离她远远的。说："你的血糖可是很高呢。你回去后，要约一个心脏病医生，也要约一个家庭医生。"

朱莉想：自己从来都不是高血糖啊，怎么可能会血糖偏高，以前记得一直是低血糖的，还因为低血糖晕倒过。

于是，朱莉把这个顾虑告诉了医生，医生说："你有没有打过疫苗？"朱莉说："打了两针。""什么时候打的？"朱莉把日期告诉了医生。

医生说：“可能是疫苗造成的后遗症，现在发现疫苗有造成高血糖的可能性。”

回到家，朱莉把口罩什么的都扔了。先上楼把衣服什么的也都换了。把手清洗了。再戴上一个口罩，本想走到地下室跟庞蕤说一声的，临到地下室门口，改了主意，最好也不要下去了。就在地下室门口与庞蕤打了一声招呼：“妈妈已经回家了，我不下来了，怕病院里带来病毒传给你。”

庞蕤听到朱莉已经平安到家了。也就高兴地答应一声。为了她母亲，她一直等到现在还未睡觉。

朱莉与庞蕤当晚未见面就上楼睡觉了。

身体恢复后的下个星期，朱莉就约了二个治白蚁的专家上门估价。一家是全国有名的连锁公司，另一家是当地的公司，那家当地的公司是庞蕤推荐的。连锁公司是朱莉上网查的。最后决定选那家当地的公司来治白蚁。

价格不菲，一千多美元。但再贵也得用呢。还好，只有那个连着车库的墙壁里有白蚁，别的地方都没有。而且那个连接车库的客厅相对独立，下面既没有地下室，上面也没有第二层。说明除了客厅以外的整个房子不受影响。

而且，朱莉这时也查了好多白蚁的信息。如果听之任之，不做任何改变，这样的形势发展下去，至少还要三年五年白蚁才会把一个房子蛀得没法住。所以房子被破坏，朱莉他们无家可归的情节不可能发生。

而且治白蚁的人说，飞白蚁能飞出来，说明这个地方已经有白蚁大概有三到五年了，才会发展到这个规模。

原来以为白蚁破坏会非常快的，现在看来，没有朱莉想像中的快。所以，心情倒是没有以前那么糟糕了。

再一看，那个白蚁是从靠着车库墙壁的放锯木头电动锯子的纸箱到墙壁的。纸箱靠着墙壁的那侧已经被白蚁蛀空，然后又蛀入那堵墙壁。

这白蚁看来是从电动锯子锯木头的时候带来的，在纸箱繁殖，又因为纸箱靠着墙壁而最终在墙壁里做窝了。又发展了三五年，就成熟，要搬家了。

三五年前，倒底是锯哪个木头的时候带来的？

朱莉想了想，怀疑是当时锯在西佛吉尼亚房子周边的木头时带来的。

买那个西佛吉尼亚的房子已经带给她家太多的灾难了。目前白蚁的事居然也是那个房子带来的。

朱莉由窗外的白蚁想起来去年发生的事。又想起，让治白蚁的人来做例行检查的时间也已经到了。那个治白蚁的人前几天就已经发信息给她，与她约时间上门来做例行年检。她还未回复呢。她那个房子这一年来，因为疫情，还没有让任何人进入过她的房子呢。要不要让治白蚁的人进入呢？

然而看到这些在阳光下飞舞的白蚁，朱莉知道自己只有一个选择：就是尽快约时间让治白蚁的人来做年检。

又想起去年，那个治白蚁的人带着一个助理来做检查时，洽洽还在，它不象以往一有生人就躲起来，很罕见地下了楼，还不停地来回踏着双脚表示欢迎的样子。那个助理就与她聊起洽洽多少岁了。又说他也养了两只猫，还把猫的照片调出来让朱莉看。那个助理干活非常消极怠工，而且总是借机找朱莉聊天。朱莉觉得他不是一个好员工，但看在他的两只猫猫的份上，朱莉还是对他印象不错。

他走后，朱莉发现他留下了一副旧手套在朱莉家的阳台。朱莉本想要不要联系一下治白蚁的人告诉他助理留下了手套在朱莉家，但又一想，他还带走了一盒朱莉放在车库的垃圾袋，所以就没联系。

那盒垃圾袋朱莉没打算整盒送他的，而是说：墙壁挖下来的脏物，如果他想要用的话，他可以用她家的垃圾袋而不是用他们公司的。他当时就感谢了一番她，可能是错误理解成可以把整盒的垃圾袋都拿走吧。

才过了一年多，这次如果他来，问起洽洽，那个洽洽已经走了。想到这里，朱莉心里又是暗暗一阵悲伤，这一二年，真的有物是人非，沧海桑田的感觉。

自从除了白蚁后，可能是为了让一颗倾向于佛教的心得到平静，朱莉开始对碰到的昆虫都留了心。杀白蚁实在有她不得已的理由，因为它们会对朱莉家造成莫大的损害，属于保护自己的做法，但如果对其它对自己无害的昆虫也都加害的话，那就说不过去了。

没想到自从她对昆虫上了点心后，她在她家发现了好多次根本不认识模样也长得怪怪的昆虫。

朱莉小时候是在农村长大的。有什么她不认识的昆虫？

而且有什么是在家里生存但却不认识的昆虫？

但反正朱莉这一年就是注定要与一切世上的奇异怪事打交道了。遇到的昆虫也怪之又怪。

那天，她就遇到一只很大的有翅膀的昆虫正在往玻璃门上爬。翅膀是白色的，但身体是黑色的，朱莉马上关注它有没有腰。因为要辨别飞蚂蚁和飞白蚁最主要的一点是：飞蚂蚁有腰，而飞白蚁没有腰。

而这只昆虫是没有腰的。这让朱莉吃了一大惊。虽然它不是白的。还是用一个瓶子把它装起来了而没有马上放生。立即查了一下互联网。结果看到图片中有飞白蚁的身子真的有黑色的，而不是白色的。

去年受白蚁的惊吓还未完全消退。如果在瓶中的是一只白蚁，那她就不能把它放生了。又查了互联网，互联网说：这样的飞白蚁如果抓起来，不吃不喝，它最多只能活二三天。朱莉想：那就再观察一下吧。

第二天早上，朱莉再去看那瓶子，发现那只昆虫已经死了。那么要不证明这不是一只白蚁，而朱莉没有及时把它放生。要不证明这是一只白蚁，但它比较短命。

无论如何，它还是死了。而直接的原因是朱莉没有及时把它放生。

又是一件与佛教精神相违背的事。但朱莉也怕它确实是白蚁，那是不是说明她的家里还有白蚁存在？

所以虽然朱莉不想让任何外人在疫情期间进入屋内，但这一次又看到窗外的飞白蚁，知道自己无论如何都要请治白蚁的人再上门查一下。

治白蚁的人上门来了。朱莉等他查完后让他在那个玻璃门之间再好好查查。

他说："怎么？你在那儿看到了什么吗？"

朱莉说："上次看到了一只很大的像飞白蚁一样的昆虫在门上爬。但身体颜色是黑色的。"

那个治白蚁的人说："如果真有白蚁的话，不可能只有一只白蚁的。你是只发现了一只吗？"

朱莉说："是的。"

"那就说明不是白蚁。"

朱莉这才完全放下心了。就是说，在她的房子里，再也没有白蚁了。

但同时，也知道无意中又害死了自己关在瓶子的不知道是什么的昆虫。

可能是受到了那只昆虫的报复，自从那只昆虫死后，她很快在楼上也发现了几只非常奇怪，从来没见过也不知道是什么的昆虫。

那时候，洽洽还没走。朱莉看到它正在盯着一只昆虫看。朱莉赶忙阻止它。"洽洽，你有那么多玩具，干嘛还要玩人家昆虫。来，让我看看这是什么？"

洽洽本来想一抓子啪下去的，这时只得不情愿地离开。

那只昆虫一看洽洽没再盯着它赶紧跑了。跑得太快了，还没等朱莉看清楚全貌，就已经飞快地躲到毯子里去了。朱莉只大致看清楚是一只象蝎子一样的昆虫，但又不全像。又是一只奇怪的昆虫。

朱莉见它躲起来了，也就算了。

后来，朱莉又看到了它一次。这次看得更清楚了。确实不是蝎子。但也不知道是什么昆虫？只觉得模样长得很怪。

想起上一次不明来历的昆虫关在瓶子后第二天就死了，朱莉这次决定放过它。任它去吧。

但以后，却再也没有见过这个昆虫。

有天，朱莉忽发奇想：如果把它们都当作窃听器，当作是电子产品，是不是也不算过份。她经历的怪事已经够多的了，如果证实它们确实不是大自然的产物，是人工的，那也不算稀奇吧。

从窃听器的猜想引申开去，让朱莉又发现，她房子外面飞的鸟，有些也可能不是真正的鸟。如果把它们认为是电子产品，也一定不算过份。

而且，即使是真正的鸟，如果把它们认为从一开始就有人有目的的养着这群鸟，有目的地飞在这个小区，有目的地出现在朱莉家门外，是不是也是有可能的？

那么如果这个可能性是有的，那是谁有目的的养着这个鸟？目的又是什么？

如果那些鸟都有可能是有人有目的的养的。那么，她家收养的几只猫，是不是也是有人有目的地让她家收养的？

想到这些，朱莉早已经不再惊恐，毕竟她亲眼看到过屋外停的普普通通的一辆黑车，在监控器中是两辆警车的样子。毕竟她亲身经历了新闻里外交官在别国大使馆经历过的次声波事件，亲身经历了类同于发生在白宫里的莫名其妙的响声，还有什么是不可能的呢？

特别是洽洽，它以前的家庭就是因为主人得了精神病住进了医院而被解救出来的。如果是有人让它的主人得的精神病，那是不是也有人可以让她得精神病？而她能感受到的种种怪事，就是有人试图让她疯了，或让人试图相信她疯了。

如果再想深下去，关于昆虫的怪事，也不是只止于上面提及的那些。

那时候，刚好是几十亿只蝉从地下面世，朱莉陪庞蕤去检查牙齿。到了牙医诊所，她等在等候室，这里就发现她的衣服后面有翅膀振动的声音，脱了衣服后，一只蝉就爬到了地上。朱莉赶忙把它抓住，放到了门口。

就在这时，正在前台签到的一个三十多岁的男的，也从身后抓起一只蝉，放在门口。

这两件几乎像是不可能发生的事情就这么凑巧地接连发生了。

如果朱莉想给它一个解释，朱莉倾向于把它们解释成窃听器或定位器。不是真的蝉，而是电子产品。

听器或定位器。不是真的蝉，而是电子产品。

三十一．路上走的是真人吗？

经过辞职、次声波及各种奇异怪事后，朱莉的生活渐渐开始安定下来。

庞蘉也大学毕业了。朱莉觉得得去外面走走了。不能老是困在房间里。

走的时候，路过一个小区的公共操场，看到那儿有张社区地图。

朱莉突然想起来，以前查隔壁邻居家的地图觉得挺怪的。在她家与朱莉家之间有一条很深很黑的线，不知道是什么，像是鸿沟似的，但事实上什么也没有，就是正常的两家相隔，与另一家邻居家的隔间没有什么区别。一直纳闷。

所以这次看到有小区地图，就特意上去看了一下。其实那个小区地图一直都在的，或者朱莉以为是一直都在的。但直到搬到这个小区十年以后这时才是第一次看。

看了以后，发现那个社区地图上，她家与隔壁邻居家之间也是有那么一道黑色的彼粗的线。这到底是什么呢？

朱莉又看了看自己的其它左右前后的邻居家们在地图上的样子。发现这个社区的分布非常好玩，好多家如果开车的话都需几分钟的时间，但走路的话，却会比开车还快得多，因为那些房子都是绕来绕去的。不知道当时新开发那个社区时，为什么要开发成这样？更奇怪的事，每个房子之间都不是隔着一个数。比如单号的一边，从

19433 接下去不是 19435，而是变成了 19437。双号的那边也是一样，从 19432 接下去不是 19434 而是 19436。再加上路绕来绕去的，一会变成这路一会变成那路，有的房子虽然只隔了一个房子，但路的号码依据的路名是不同的，所以号码也会直接变得非常不同。

为什么要设计成这样的号码？朱莉实在想不通。难道四十多年前，要开发小区的时候，设计师未想定是要设计成两个房子并排的联排屋还是独立屋吗？即使在决定了要建成独立屋后，也一直存着也许可能改成两个房子联排屋的念头，所以申请这样的号码？以便以后如果改成联排屋的话，每个联排屋可保证有一个独立的房子号码？

朱莉在这个小区住了十一年了，从来未像现在那样，对这个小区的设计师充满了疑惑。甚至对这个小区充满了疑惑。她是太不了解这个小区了。

作为一个职业女性，又喜欢拥有自己隐私的独立女性，她从来未曾去了解过她的邻居们。这个时候，她总觉得这整个小区充满了秘密。

走着走着，又走到了捷径小道那儿。穿过两个捷径小道，就能很快到达自己的家。她选择走上捷径。第二个捷径小道上的第二个房子就是丽莎的家。

这时，她刚好看到丽莎正在弯腰整理她的菜园子。要是照从前，朱莉肯定选择默默地走过去了。

但是现在的她，经受了这一系列的遭遇打击，又经过了很长时间的封闭，朱莉特别想找人聊聊，特别是能共同聊中文的人。而且，她觉得以前她因为太注重隐私，结果在小区邻居里没有什么私人朋友，所以是时候结识几个朋友了。

中国老话：在家靠父母，出门靠朋友。又说：远亲不如近邻。在这个异国他乡虽然已经入了籍，但内心还是孤独的。还是应该多结识几个邻居。

想到这儿，朱莉上前与丽莎打了一个招呼。

丽莎走上来，和朱莉一起隔着两边栅栏聊聊种菜啊，孩子毕业去向啊，最近忙些什么事啊……因为朱莉还戴着口罩，而丽莎因为在劳动，未戴口罩。所以俩人相隔有一段距离聊天。

用中文与丽莎聊天让朱莉感到放松了不少。

也就是在这个聊天中，朱莉问道："我们斜对面的那家房地产中介好像已经搬走了。现在是一家墨西哥裔的一家人住了进去。"

丽莎说："哎，她家啊。我不想说，说起来太伤心。她家的儿子去世了。"

"啊！"朱莉大吃一惊。她还是第一次知道这件事。

"什么时候的事？"

"去年的事了。"

"怎么回事？"

"我不想说，说起来伤心。"丽莎的表情也变得悲切。

朱莉知道不好问下去。而且她也受到了很大的惊动。所以也好久说不出话来。

现在看来，那个房产经纪人做房产一直没有做起来，现在孩子又去世了，看来她家前面反弓路带来的风水还真的是很凶的。

这时，看到对门邻居隔壁的南西夫妇两人从那条捷径走过来。不知道为什么，朱莉见到他们的时候，感觉见到的是两个假人。

首先脸部的颜色都比平时来得发黄，另外，两个人一点表情都没有。

两人沉默着就要经过她们。丽莎边与朱莉介绍："这是你斜对面的邻居。"边就与他们打了招呼："Hello, How are you doing?"

平时，那两夫妇经常在小区散步的，态度也都不错。

这个时候，竟然，连头都没扭向朱莉和丽莎她们。也没回答，也没任何表情，只是一径儿地走了过去。

朱莉看到这个情形，更是产生了刚刚所见即是两个假人的感觉。

朱莉突然想起，当时她用无线的监控器看到他们时，看到他们在监控器里来来回回的出现，但自己跑去窗口看时，有时会发现路上根本未见两人，要等过一二分钟才看到两人从那边走过来。是不是因为当时在监控器上出现的也只是两个假人？

又想起那一辆普通的黑车，在晚上的监控器上出现的是两辆开着警灯的警车。

是不是现在所见的那两个人其实也只是立体影像，而不是真正的人。

如果是真正的人的话，丽莎这么对他们打招呼，至少是要答复一声什么的吧？难道他们的耳朵是聋了？也不可能是两人都同时聋了吧？

朱莉又想起，她第一次因为受不了室内的噪声跑到车库外时，隔壁的马克也跑了出来，朱莉看到他的时候，他的脸色及整个人也确实是像马克但又不像马克，也似乎是一个假人。

难道生活在她周围的好些都是假人。或者是有人用最新的科技，投影的几个立体的人像。

前者听上去完全不可思议，但如果是后者的话，那说明马克和南西都不是普通人，不是普通邻居，他们都是有着特殊任务的人。

也说明，即使在她以为一切都已经平复下来，安定下来的时候，其实她是仍然受着那些特殊部门监视的。

突然间，朱莉有一种小区里住着的很大一部分人都其实有着特殊的身份，目的是监控像她那样的人。

但现在自己已经辞职，完全是一个自由公民，没拿政府福利，也没经手有关政府的工作。为了谋生，她自己在做一个小小的出版社。一个中文类的出版社。等同于一个自由职业者。

而她的女儿也已经毕业，现在也在做一个自由职业者。

就这么普通得不能普通的人，有什么还能让特殊部门感兴趣的地方？

这时，她的脑子突然联想到丽莎说的那个房地产中介邻居马娜的儿子。他的年纪应该比她女儿大不了几岁。他好端端的，怎么会突然离世？

然后，朱莉又觉得，也许所有的一切并不是针对她的，而是针对她的女儿？

她女儿想继续读神经科学的博士学位，申请了相关的学校。难道是她的学科太敏感了？

庞蕤的本科的第一个专业是美术，第二个专业才选的神经科学。学美术的非常少有人再读一个专业，即使读大多会选择读一个 Minor，而不是一个 Major。她女儿不光读了一个 Major，而且还按时毕业，还拿到了大学奖，是奖给整个四年 top 20% 的学生的。

朱莉很为她的女儿为豪。在她眼中，所有美术好的孩子都很让她服气，而她女儿是她眼中创造力最强的人之一。她女儿学美术就已经让她很佩服，现在又把一个神经科学的专业以很好的成绩拿下。她更是对她双重的佩服。

但她心里是不赞同她女儿学神经科学的。作为对她女儿一惯的认知，她的科学素养虽然均在当时美国排名前一百名的高中中都能排平均线以上，但科学毕竟不是她的长项。她在科学方面很难有所作为。

她女儿与她相比，在艺术和创造力方面均超过她，但在科学素养方面应该来说，不如她。但她不想拂了女儿的一片热情，所以也没有劝阻。毕竟有在排名前一百名的高中的同学中平均线以上的科学素养就足以对付那些学科。她女儿想读完一个博士学位后在大学任教，以她的科学素养在大学当个普普通通的老师应该还是可以胜任的。而且读了研究生院一般也有奖学金了，所以也等于可以做到经济独立。尽管她可惜她女儿在艺术方面的好天份，但毕业靠艺术赚钱还是难了一点。因为这些方面的考量，所以她虽然对她的选择心有遗憾，但也觉得可以接受。

现在，当她再次考虑到她的安全问题，她就反对女儿读博士了。

这几年，世界太乱。是乱世。

很多发生的事总让人感慨一句：匹夫无罪，怀璧其罪。光光就因为你多一份学术，多一份科学研究，接触一个顶尖项目，就会给你带来灾难。倒不如安安心心做做艺术，做做自由职业者，过个普通的生活来得安定。

这次，又经房地产中介邻居马娜儿子的事一惊吓，再加上她恍惚她仍然生活在监控之下，种种的原因，让朱莉就开始反对她女儿攻读博士了。

先是跟她女儿说：即使当了教授，也很可能不用教书，比如她的以前的同学，现在就是美国最顶尖大学的副教授，他就不用教书。因为朱莉知道她女儿喜欢的是教书而不是作研究。

又说：如果要当个好的教授，就得做些项目，结果就要把很大一部分的时间用来获得政府资助上，用于搞钱的上面，那是非常无聊的事。又说了当艺术自由职业者的种种好处。又说：她认为庞蕤的最强之处在于艺术创造力，人就应该做自己最擅长的事情去。

但她女儿就是听不进去。一心想要申请研究生院。当然她女儿有这一点好，就是申请的一定是最好的几所研究生院。她说：如果申请不上，她会找工作的，到时一边工作，一边再想想是否再申请研究生院。

所以朱莉一直心里抱有希望，希望所有她申请的研究生院都拒了她，这样她也不用去上研究生院了。等一工作，如果艺术方面的工作得心应手，也许她女儿就会放弃读研的事了。

可怜天下父母心，为了孩子的平安，宁愿他们选择一个普通的职业，而不是一个可能给他们带来荣耀的职业。

在申请研究生院的同时，庞蕤也开始了自由职业工作，帮人设计游戏人物形象，设计动画，设计视频开首等，自己也做了一个电竞主持人。居然还做得不错，业务是一个月比一个月做得好。艺术方面的成功，给庞蕤带来了信心。

庞蕤说："如果研究生院没申请上，就以后也不申请了，觉得做电竞主持人挺好的，挺开心。"

到十二月的时候，申请的结果都出来了，应该是如朱莉所愿都被拒了。而庞蕤这时也成了那个游戏网站的合作伙伴，有了一份稳定的收入。申学的失败被成为合作伙伴的成功所冲淡。

庞蕤说：以后不准备申请研究生院了。朱莉连忙巩固这来之不易得之所愿的结果，大大地把电竞主持人的成功夸大了一翻，又把走学术之路给贬低了一番。又说："你不是喜欢当老师吗？你也可以在视频里教人画画什么的啊。"

她知道庞蕤也在自己主持的频道中教人学画的，教人学画，自己也要画啊，她女儿最强的地方就在于美术和创造力啊。这样不光自己的强项也没放弃，又能挣到钱，还能时间自由。更重要的是，目前的国际形势下，特别是华裔，走学术的路，风险实在太大了。

某个研究虚拟币的知名华裔科学家前不久刚发生自杀事件，据说是因为忧郁症。但在朱莉所在的一个小群里，有个知情的人说："自杀之前，邻居还看到他和他妻子在小区有说有笑地散步。散步了一会儿，他说，要回家一趟，忘了一个东西。他妻子随后回去后就发现他已经从楼上跳下来了。"言下之意，他根本没有忧郁症，在跳楼前，一切都还是好好的，正在放松地在小区和妻子散步休闲。所以他的死是一个谜。那个知情人还隐晦地说："他出事是因为从一些国家拿了不少大资金，牵涉到两个国家的安全了。事闹得有些大。所以他不得不死。他一死就替很多人保守住了秘密。"

朱莉听到诸如此类事情，无不心惊。而诸如此类的事，这一二年来，发生得如此频繁，普通人如她，都遇到了这么多无法解释的奇异怪事险事，更使她无法支持女儿去读什么高科技的博士学位。

她又再次想起庞蕤的光头叔叔裘平。听说，他就是在美国读核物理，后来在纽约的顶尖大学做博士后，又回去北卡的某大学做教授。是不是也是因为学的学科太高深太敏感，才有了这样的遭遇？

如果他当年没有出国，一定不会有这些事发生的。

裘平与朱莉也算是有点缘份。她不光在中国见到过他和他妹妹以及他父母，一起吃过饭拍过照，在车站上遇见过他。即使在美国，朱莉一家也去他家住过一宿，见到过他的老婆。他家则来过朱莉家两次。

第一次来的时候，她和庞文彬庞蕤已经住进了刚买不久的一个联排屋，裘平和他老婆以及他的丈人丈母娘来华盛顿旅游。他和他的老婆就在书房的地上铺上睡袋睡的。而他的丈人丈母娘则是把庞蕤的一间房腾出来睡的。那时她女儿才四岁，她特别喜欢睡那个光头叔叔的睡袋。

记得那时，他的丈人与朱莉聊起来说："我女儿过得实在太苦了。我的大儿子小儿子在中国都过着很好的生活呢，大儿子在银行工作的，小儿子在外企工作，就我女儿在美国连自己的房子都还没有。"想想他女儿与她一样都是宁波人，宁波人当时确实都过着很好的生活了。相比而言，他们这些留学生们太苦了。让做父母的担心了。

朱莉想起她的母亲也是反对她出国的，也是怕她在美国受苦吧。

还好，庞文彬毕竟是在工作的，贷款头款当时很低，他们付了5%的头款就买了一个普通学区的两层的联排屋，说是5%头款，因为还有中介给他们的返点，总共他们只化了五千美元包括了头款及手续费就买下了这个联排屋。后来又掏了一千美元作了最简单的装修。虽然与在中国时相比，生活艰苦一些，但总算有了一个自己的家，而且是当时中国城市里尚不多见的联排屋。而裘平他们真的还是一无所有。租的房子，两人都还在读书，奖学金只供生活的开销。也难怪作父母的要为自己的女儿感到心酸了。

后来，裘平与父母和老婆又来了一次，那时，朱莉他们仍然住在那个联排屋。又把庞蕤的房间让给了他的父母住。

他的父母在国内都算是科学家，在核物理研究所工作很久了，很客气。邀请朱莉以后回国再去他家住一阵。

与朱莉他们这么有缘的一个人，突然就走了。真是不可置信。

他因为什么原因走的？没有人确切知道。只知道他走的时候，他母亲就在他家做客，他妹妹本来也在的，提早回国了。结果他突然就走了。

人家问他母亲，他母亲都说他在美国工作呢，工作忙，回不了国。

会不会也是因为他涉及了一个敏感的项目，而被不明不白地去世。

这也是朱莉一直在心头思考的一个问题。

但无论如何，如果他没有出国，他一定不会以这种方式离开。

也许，一切都是命中注定？他以为是奔仆一个光明的前景，结果却是奔仆他的命运。

命运啊，多么不可预知，多么无常的命运。

但他有什么秘密可带走的。他就是一个平平凡凡的人，读一个平平凡凡的大学，在一个平平凡凡的大学教书，为什么这样的人，不能让他平平凡凡地老去？

或者，他真的有什么秘密？那是一个什么秘密？

他走了，也把一切秘密都带走了。还能再找到头绪吗？即使有头绪，朱莉想找吗？

朱莉只想避开一切麻烦，即使知道他带走了一些秘密，怎么可能去自找一些麻烦？

从房地产中介儿子想到那个华裔科学家又想到庞蕤的光头叔叔。突然，朱莉有了一个惊天的发现：

好像环绕着她的一家，有很多人都出事了。

而她家也在其中，她自身遭遇的种种离奇经历，好像不是只是一个结束，而是一个开始。

而现在生活的小区就有很多谜。小区当年的设计师是谁？小区里都住着谁？为什么觉得整个小区而不光光只是她家都笼罩在一种莫名其妙的监控中。好像是小区的人互相监控着，但整个小区又被什么监控着。

小区里甚至可能住着一些假人，小区里遇到的人不一定是活生生的人，而是一个影像。

小区里谁搬出去，谁搬进来也好像是一个安排，谁住在谁的边上也好像不是偶然。甚至朱莉出门去走一趟，究竟会遇到什么，遇到一只鸟，遇到一只什么鸟，那个鸟在遇到的时候正在做什么，一片树叶，是一片什么样的树叶飘落，飘落到什么地方，以什么样的姿势飘落，一阵风从哪个方向刮来，一个人朱莉遇到时正在干什么，以什么样的表情向朱莉打招呼，穿着一件什么样的衣服，手上拿着什么样的工具，都是精心安排好的。都像是一场演出。

剧本已经准备好了。剧本已经背熟了，布景已经布置好了，鸟该上场了，风该刮了，一个人弯腰在打扫杂草该开始了，而一个不知情的演员，该上场了。那个不知情的演员就是朱莉。然后，鸟儿该叫几声了，并拉下一团屎，不要拉在朱莉的头上，要刚好拉在朱莉的边上。让朱莉心里产生一个："好险，幸好运气不错，没拉到头上"的念头。然后那个念头又被打扰，因为一阵风吹来，吹过一片六边形的黄叶子，那片黄不要纯黄，要带一点点枯败的意味。朱莉心有感慨："一叶知秋，秋天快来了。很快又要扫落叶了。"这时，这个正在打扫杂草的该起身了，她是一个胖胖的看上去有点慈祥的女人，好像一切都能包容，因为在室外劳动，口罩已经没戴着了，她用一种愉快的表情，向朱莉打了个招呼："Hi, good weather, isn't it?"朱莉也还以愉快的表情，跟她打了个招呼。然后朱莉的眼光落在那个胖女人房子室外开得甚是美丽的花儿，感到愉快，心想："这个小区毕竟还是一个非常漂亮的小区呢。到时如真的搬走，这个价位，哪儿还能找到这么美的小区。"这时，一群鹿应景般地从路的一端跑到了路的另一端，跑的时候尾巴翘起，露出了白色的毛色。

三十二．卖狗屎袋的小孩

不知从什么时候起，朱莉的屋前出现了两个小孩，一个是墨西哥裔女孩，一个是白人女孩，年纪就在上学年纪上下，六七岁的样子。也可能平时在上学，也有可能平时就呆在家的。

那个墨西哥裔的小孩就是房地产中介搬走后新搬来的那家的孩子。女孩有点胖。这些天经常与那个年纪相仿的白人女孩在屋前玩或者骑自行车玩。后来，朱莉慢慢地出去散步多了后才知道那个女孩也是与她家隔了好几家的邻居家的孩子。

朱莉已经有好几次在她家的垃圾箱里看到装有狗屎的袋子。也不知道是谁放的？

按说，这是她家的垃圾箱，别人没有权利在里面顺便放东西的。

收垃圾的人现在因为不是把垃圾筒直接倒在垃圾车里，而是一袋一袋地把里面的垃圾袋拿出来扔到垃圾车上。所以总会把那几袋狗屎剩下，狗屎袋与垃圾袋比起来太小了。而且在垃圾箱的底部，恐怕也不太好拿。

朱莉的另一个奇特的想法是：收集垃圾的人故意把那几袋狗屎留在垃圾箱内，以让人产生她家屋里有狗的想法。甚至，那几袋狗屎都是有人故意放进朱莉家的垃圾筒的，就是为了让什么人产生她家里养有狗的想法。

为什么要这样？朱莉就解释不通了。只是，那阵子，天天都有在她家门口来来去去走过溜着狗的人。大狗小狗，黄狗黑狗白狗，什么样的狗都有，什么样的溜狗人都有。这种情形朱莉还真想不起来以前曾经有过。

然后，某一天，就看到在她家对面，菲律宾家庭何塞前院的草地上，坐着那两个小朋友，在她们的面前，散放着一堆狗屎袋。

朱莉本来想出去散步的，这时，也不想出去散步了。这几天围绕狗这件事，发生了一些从来没见过现象。溜狗的人不光天天都在她家门口来来往往，甚至她家后院对面，那个野公园，也不时地有溜狗的人。以前别说溜狗的人，就是人都很少在那儿见到，毕竟那只是一个荒无人烟的野公园。朱莉在这里住了十一年了，只在这一年，看到她家后院那儿的野公园时不时地有溜狗的人。

但朱莉一想，该散步还是得去散步，不能因为这些离奇的事，连散步都不去散步了吧。更何况，她走出散步这一步，也是不容易的，以前因为在散步时碰到两次疑似跟踪她之事而再也不外出了。自从觉得生活又逐渐地恢复了正常，才慢慢开始出去散步的。已经在家里困了太久了，不能因为这次狗屎袋及狗的事再退回到家里。再说，离奇的事，她今年经历的还少吗？这阵子一直都是经历无法得到解释的事啊。多一件少一件，有什么区别？

所以，朱莉还是穿上外套出去散步了。回来通过徸径小道走回家。

两个孩子都向她打招呼，她也不想失礼，也礼貌地打了一声招呼。结果那两个孩子叫住她了，要她买她们的狗屎袋。

这倒底是什么样的两个孩子？在小区自家门口卖柠檬汁的卖自家做的小饼干的小孩子她几乎每年都会碰到一二次。但就是从来没碰到过卖狗屎袋的小孩。而且恰恰把狗屎袋就摆在她家门对面，恰恰让她买。怎么就知道她家有狗呢？

她家的大门口两边摆放着三只猫的塑像。有常识的人都知道这表明她家养有猫。但如何得出她家有狗的结论呢？

除了这几天在她家垃圾筒中莫名其妙地出现了几袋狗屎，她家没有任何迹像可以推测出她家有狗啊。

即使她家垃圾筒出现了莫名其妙的狗屎，那也只有放狗屎袋的人及收集垃圾的人才知道她家的垃圾筒里有狗屎啊。这两个小孩子是怎么知道的？

那两个小孩是受大人指使在她家卖狗屎袋的？谁是指使她们的大人？他们是谁？为什么对她家有没有狗那么感兴趣？

一大堆问题涌上朱莉心头。朱莉又厌烦又有点气愤地说："我家没狗，我不需要狗屎袋。"

事后，朱莉想想是不是语气有点过重了。如果那两个孩子都只是正常的忽发奇想卖狗屎袋而已，是不是会觉得她的语气有点不太友好？

然后，朱莉又想到，那两个小孩卖的狗屎袋跟在她家垃圾筒里的狗屎袋是一模样的。

都是黄色的袋子上印有狗爪的脚印。而她又仔细地想了想。她确实以前在亚马逊买过狗屎袋。是绿色的袋子上面印有一只只狗头。她以前是不买这种袋子的，洽洽的屎她都是用清空的华人超市装蔬菜的袋子装的。但自从疫情，她会消毒各种包装，懒得消毒袋子，所以干脆在亚马逊买了这种环保袋，这种袋子可以用来装狗屎但也可很好的用来装清理出来的洽洽的猫屎。为了省钱，她是加了长期订购的计划的，后来太多了，用不完，才没有继续订购。

这么看来，如果要推测出她家有狗，那么只有这两件事：一件就是她在亚马逊订了狗屎袋，一件就是在她家的垃圾筒里有狗屎袋。

那么问题来了：谁知道她在亚马逊订了狗屎袋？谁知道她家的垃圾筒里有狗屎袋？谁在她家的垃圾筒里放了狗屎袋？

不管怎么样，她马上做了两件事：第一件事是把亚马逊上的狗屎袋订单给取消了。另一件事，是把垃圾筒里的狗屎袋清理出来，放在了垃圾袋里。下一星期二，她发现那些垃圾袋都拿走了。

垃圾筒里再也没出现过狗屎袋。

但后来，有一次她去拿邮件的时候，发现在她的邮箱里塞着几只黄底狗脚印的狗屎袋。她没有拿进屋里，直接都把它们都放在了垃圾袋。

狗屎袋的事件还未到此结束。

有一次朱莉去散步。回来快到家的时候，看到那家新搬进来的墨西哥裔家门口，以及对面的菲律宾裔家的前院，甚至她家信箱周围，飘满了狗屎袋。

后来，朱莉再没见那两个小女孩卖狗屎袋。

不知怎么着，从此以后，她家门口溜狗的人少了。而后院正对的野公园也恢复了以前的人迹稀少。

再次看到那两个女孩，是看到两个人在墨西哥裔租住的房子的家门口，叮叮叮地敲着一个铁棍。

好奇怪的游戏，好奇怪的两个女孩子。好奇怪的举动。

当天晚上，朱莉的睡梦中就听到了这叮叮叮的敲棍声，被敲击声惊醒后，发现还是半夜，外面正下着雨，叮叮叮的声音是雨水顺着水管流下碰撞到什么金属片发出的声音。

三十三．官司

疫情改变了全部人的生活。

而改变了朱莉生活的却不仅仅只是疫情。

那个阴魂不散的官司彻底改变了朱莉对美国的看法。她的身心也受到了巨大的影响。

朱莉不再把美国的陪审制度看作合理，朱莉也对美国的法律产生了深深的怀疑。美国的陪审制度和法律很多时候只是欺负好人，而保护了那些找法律空子的不法分子。

可能也是因为她自身的官司以及对美国法律和 法庭的印象的改变，也使得她对当时正监禁在加拿大的华为的大公主的遭遇深感同情。

事实上，美国的法律是只要想找一个人的过错，总能找到一些的。你买房子时候的贷款申请，谁能确保其中没有一点材料提供上的错误，谁都一辈子只买那么一二次房，都是贷款公司、房产经纪人让你提供什么材料就提供什么材料，谁也不会一行一行地去读那些条款，对于华人来说，就算一行一行地读了，也因为对背景的不熟悉而不可全部得以了解。那么，如果要找那个人的过错，也许在买房的贷款里就能出现一些漏洞，然后就给你一个提供虚假材料罪名没商量。罪名可大可小。再比如，你报税的时候，因为每年的税法都在改，而你只是一个税务白丁，而且你打心眼里厌恶每年报税，你要喜欢报税，你早就去读税务专业了。谁能保证提供的每一项材料合乎了规定。如果不小心漏报了一点什么，如果真要查你，就可压你一个偷税漏税，即使你是经过专门的报税公司报的税，一旦有事，报税公司是不会承担责任的，一切责任还是得由你承担。再比如，如果你失业了，申请政府失业补助，也会让你填报一大推的信息，如果其中有所忽略，那么罪名可大了，上升到联邦级别的犯罪了。陪审员更是能被律师忽悠，真相并不重要，只要能忽悠住陪审员即可，所以上庭律师很多时候变成了演员，目的是让陪审员们能入他们演的戏。

华为的大公主也是因为被抓住了这么一点谁都可能存在的漏洞被陷害的吧。按说，人家大公司都是有正规的法律人士把关的，提交给银行的材料也是经过银行的审核考量的，既然你接受了材料，那就表明你接受了那些材料的合法性，如果你觉得那些材料不过关，不合法，那你银行可以不批准的啊，或者可以退了材料让他们重新提交材料的啊。但美国法律的奇葩就在于，银行可接受你的材料，但材料上的漏洞却还是要你负责的。没有人会为你负责，哪怕是辅助你处理的法律界人士、机构也不会替你负责。而那些材料却又不是一个普通人能搞清楚能搞明白，能完全百分之一百肯定里面没有任何漏洞。更何况人家是搞企业的，又不是搞国际事务，搞国际法律的。

美国不打算搞你时，当然那些漏洞就不存在的，美国打算搞你时，那么那些漏洞就用放大镜放大，并且不打算让银行或辅助处理那些材料的人负责，而是让他们打算让谁负责就让谁负责。

在美国真的是步步都可以是陷井，法律上的陷井，就医上的陷井，贷款上的陷井，言语上的陷井，即使对于向来安分守纪的华人来说，也都不知什么时候掉入了一个陷井。

那一阵，就有好几个华人被指控是中国间谍，好端端的一个学者，白天尚在大学教书，晚上就被荷弹实枪的警察当着家人的面抓捕，经过一番身心的巨大折磨和羞辱，最后又都撤了讼。

这样的遭遇，你让那些华人怎么能安心在美国生活下去。怎么能相信，美国的制度优越性？怎么能相信在美国能更好地安居乐业呢？

华人遇到的那些诉讼以及朱莉遇到的一系列遭遇也让她生出了这种猜想：是不是自己也是被怀疑是中国的间谍了？

可怜她一惯谨慎小心，遵纪守法，与人为善，还只是一个小公司的一个小小职员，难道也有资格被怀疑是个间谍吗？

如果她都有资格被怀疑是个间谍，那可想那些在高校在高科技领域在风尖浪口项目工作的华人不知有多少人被怀疑是间谍了，不知有多少人处于被监控之中。

美国还能呆下去吗？还有理由呆下去吗？

可她已经变换了国籍，已经是美国人了。但美国人还是未把她当美国人看待呢。或者，也许其它的美国人也是受到这样的待遇吧？

朱莉又想起以前洽洽的主人，那可是祖祖辈辈好几代一直生活在美国的正宗的美国人，为什么会精神病发作？是不是也是因为受监控但不让别人相信他们受监控而把他们搞成精神病发作的？或者他们其实并没有精神病，只是有人要让别人相信他们是精神病？

而朱莉对于被当作间谍的猜想还只在猜想当中，但那个西佛吉尼亚的官司却是实实在在的。

那时，朱莉的身心还未从次声波的影响中恢复。当天，好端端的天气，突然间狂风大作，天完全暗下去了。然后倾盆大雨就哗哗地下了下来。

"不好的兆头。"朱莉暗暗心惊，"什么事情又要发生了？"她才产生这个心念，雨下得更大了，雷声闪电也大作起来。就像末日就要来临。

突然，一阵急促的敲门声响起。

朱莉的心突突地跳了起来。

按住心的突跳，朱莉轻手轻脚的下楼，从猫眼上看出去。是一个警察！

警察这时候在写什么东西，然后塞在门缝上，又敲了几下门，就开上警车走了。

朱莉等他走后打开门。拿了字条，看到上面说："我是来送法律文件的。打我这个电话。"

朱莉知道自己没有别的选择，当下打了字条上的电话。警察说："有人在家啊？那我马上再回来送。"

警察很快就回来了，送完相关文件，让朱莉签了字，就走了。

又是那个西佛吉尼亚的房子的事。

以前，法庭已经判定朱莉要陪四万美元。朱莉上诉，上诉法庭说材料不全，按原判定执行。

原判定里没有提及朱莉什么时候陪款，这次那个原租户又找了一家免费的律师。律师找了朱莉工作的AltitudeX公司，公司按规定每个月从朱莉的工资上每个月扣上相应的赔款。现在是因为公司通知他们，朱莉已经不再公司就职了，所以这每月的赔款就停了，现在律师就要求要不在限定的时间内陪完款，要不在约定的时间携带各种财产证明去与律师方见面，讨论赔偿问题。

朱莉比较倾向在限定时间内陪完款。这样她至少不用去开各种财产证明，那将又是一件她所不知道的领域，而最后还是可能判定她全款赔偿。再说，如果坐下来一起讨论，这时候美国还未放开，又要面对疫情下的人与人的接触问题。

庞文彬说：“那就全款陪了吧。早就让你陪一笔钱完事的。”

他倒说得轻巧，那时，女儿的学费要付，各种房贷要付，每月的现金只能打平，哪里有钱付款？而他每年却仍然把他的 401K 全额存满，根本就不考虑她要面对的压力。再说，那时候还对美国的法律有信心，以为都是像电影里电视里放的那样：一定是最后好人得到保护，坏人得到惩罚那样的结局。

倒是原来调解的那个律师说过：“你这官司不一样你能

赢的，因为你不知道你会碰到什么样的陪审团。"

朱莉那时还想，难道官司的胜负不是由法官决定的吗？碰到什么样的陪审团有什么关系？朱莉还以为陪审团只是给予参考意见，最终的判定是由法官判决的。而且朱莉既然能说服那个调解律师，错的是对方，而她没有做错什么，也一定能说服法官。法官肯定是比调解律师更高明更搞法律的。朱莉太天真了。而那个律师说的是对的。陪审团最后留下的人是完全由对方的 律师操纵的陪审团，都是一些一生中从来没拥有过房子的租户，会站在谁的立场上考虑问题就可想而知了。

朱莉的错，就错在对美国庭审的不熟悉，错在太信任美国的法律了，错在以为案件的判定是由法官决定的，错在认为既然调解律师都已经相信她没错，还有什么顾虑法官会不相信她没错呢？

现在，钱哪儿来呢？只能从 Home Equity Loan 里先预支了。

庞文彬说："我会汇些钱给你的。"语气里倒是显得不情不愿的样子。好像是给了天大的人情。

朱莉已经不再把他当作是同甘共苦的家人，只当作愿意伸出援手的外人，作为外人，愿意帮她这个忙救这个急就够了，还要计较人家什么态度呢？

不光不计较，也还把他当作外人那样的郑重其事地谢了他。

这时，他倒是说了："谢什么呢，你的事也是我的事。"

"那你早干什么去了？你每年宁愿把你的钱存在银行里，宁愿把 401K 全部存满，让我去面对每年的学费房贷各种开支，面对无力支付那笔赔款，而只能一个月一个月地支付，这是为什么呢？这分明是表明我的事不是你的事嘛。"朱莉在心里嘀咕。也只限于心里。

当你把一个人不再看作那么重要时，你也失去了计较的兴趣。

这倒也好，不再计较，至少维持了彼此的和平共处。不抱希望，自然也不会再引起失望。

只是朱莉有一点点好奇，人的心情真的能决定天气吗？或者她的心情能决定天气吗？

那天如末日般的天气正好相对应于如末日般的心情。朱莉都有点唯心论了：要不，天气能预知配合她的心情，要不，她的心情能决定天气。

如果再想得离奇一些：如果是有人能决定天气呢？如果有人知道她将有一封对她来说让她不开心的信件要来，预先就准备好了天气，预先就排演好了在电闪雷鸣时刻刚好就按排那个警察敲门呢？

但如果不想那些唯心论，用逻辑来推理，最合理的解释会不会就是：警察早就准备好了那封信，一直等这一刻，就等狂风暴雨，电闪雷鸣的一刻来敲她的门呢？

那么，那个警察一定就在附近，说不定就在对面。听丽莎说，对面邻居家何塞是 FBI，他的儿子是当警察的，说不定就是他儿子的同事呢，毕竟她是知道何塞的儿子模样的，那个警察不是何塞的儿子。

那么，如果再设想得高科技一些：如果他们连气象都可以改变，那么，天气也是他们造成的，那一刻也是由他们造成的，并预先准备好了在那一刻送的那封信。

那他们搞得那么戏剧化干什么？

为了看她的心情如何变化？脑波如何变化？思维如何变化？行动如何变化？

朱莉不禁哑口失笑，这也想得太戏剧化了。

行动被监控已经够戏剧化的了，连脑波反应思维变化也都在被监控中，那是不是真的是异想天开了？

那都比楚门的世界还可怕了。

朱莉的经受的一系列遭遇让她怀疑不止一派人在监视着她。似乎看起来，有要害她的，也有要保护她的。这也可解释为什么她目前到现在看上去还能过着正常的生活。

谁要害她？谁要保护她？为什么要害她？为什么要保护她？

如果再转一个角度设想，也许也说得通：

也许双方都是想保护她的。只是一方都怀疑另一方想害她，所以才产生种种奇怪的事。

比如，如果一方认为另一方想在食物中下毒，那么就会紧密监控是什么人送了什么食物，她买了什么？从哪个途径买的？要知道这一切，就需要对她监视有什么人上门送了什么东西，她最后吃了什么，她最后扔到垃圾筒里的是什么。而另一方知道那一方怀疑这方要下毒害她，那么就会证明这方根本不想害她什么，那么她那次想吃银耳，是因为她要治咳嗽，而见她不想吃的时候，就要把"银耳可治咳嗽"的想法塞进她的脑子。

如果这个理论成立，那也可解释为什么那一次她找一罐盐就是怎么都找不到了，最后只得重新打开一罐。那时因为一方认为另一方在她的盐里下了毒，那一方就必须得让她的盐消失。

那么，这么说来，说不定都有人隐身在她家屋里，或者使了什么障眼法，让她就是见不到那罐盐。

如果前提是双方都拥有最顶尖最特殊科技的话，甚至拥有改变气象的能力的话，那么障眼法就是小菜一碟了。

那也可以解释那天明明看到的一辆普普通通的车有着不普通的影子，为什么在监视器里是两辆警车。

不就是运用了一些光影的原理嘛。

只是为什么要这么做？

那么一方是为了保护她又不让她知道其实有什么不寻常的事发生在她周围，所以停的是一辆普通的车。也使路过的行人不能觉察里面有什么不寻常的事发生。而另一方则要警告她，有警察在监视她，而且如果她回放录像，她有可能报警，让人知道那方在监控普通居民，或者那也是那一方造成的光影效果，以让另一方正监控那个监视器的人误认为此地此刻有案件发生，让另一方误以为朱莉是一个受警方特别关注的人。只是没想到，因为庞蕤的那只猫辛巴的唉嚎，让朱莉既看到了那辆普通的实物车及不普通的影子，以及看到了在监控器上的却是两辆警车。

而当朱莉对洽洽说出："原来我们都生活在楚门的世界"时，双方都以为朱莉知道了她被监视，是怎么知道的？最开始都以为自己这一方的监视被发现了，有一方就想让朱莉承认是她脑子有病了，所以各种次声波迫害出现了。另一方当然不想让那方得逞，所以就中止了对朱莉的次声波迫害。也向对方表明，那一方也是会次声波技术的，不光是会发出次声波，还能中止次声波。

如果对这个次声波的交量事件再推演一下：如果只是一方既发起次声波迫害，又中止次声波迫害，似乎也能解释通。如果是那一方想让朱莉怀疑发起次声波迫害的是另一方，而那一方是保护朱莉的，免受了她受次声波的迫害。为什么要让朱莉怀疑是另一方发起的迫害？为了让朱莉去做另一个斯诺登？告知公民他们确实是受政府无孔不入的监控？

看来，各种推演都能解释得通这些事件。

说不定，不仅仅只有双方呢。如果真的有双方顶尖力量在斗法的话，肯定还有其它几方要不也在参与，要不也在观战。总之不会在那儿熟视无睹。

她辞职的那天，看到的，说不定是一场世界大战，全球最顶尖科技力量的大战。

那她是目睹了一场世界大战在她的家门口发生了？

三十四．回来的和走了的

在朱莉最艰难的那些日子是，是父母的爱和姐妹的爱支撑着走过了那些艰难的日子。

朱莉曾向庞文彬求助："你什么时候回来？"

庞文彬说："我可能不会回来了。你不是现在已经好了吗？"

朱莉说："可是我精神上仍然需要安慰。"

庞文彬说："老板没让我回去呢。而且现在机票也贵。"

朱莉知道再多说也无用。夫妻本是同林鸟，不要希求太多，不能希求太多。不想过下去了，可以离婚，现代人的选择很多。如果不选择离婚，那就接受现状吧。

被这一刺激，心里倒是又激起了更多的坚强。想想独在他乡的那些单身母亲吧，想想独在他乡的那些未婚女子吧，生活的艰难对她们来说只会比她更多，也没见她们就活不下去了。

从此再也不再关心他的事情，打定主意自己开创新生活。出版社办起来了，虽然业务还挺少，但让她看到了是一条活路，不会是一个陪本的生意，等真的做大了，还可以持续地带来被 动收入。

而且开出版社一直是她的心愿。在中国时，个人是不可能开出版社的，她只开过一个工作室，与出版社合作，也出过几本书。

而在美国，可以个人开出版社，在中国经济大力发展了的今天，美国华人眼中的美国只剩下：好山好水好无聊了。除了天气好，挣钱还不如中国容易了。国内的朋友纷纷把孩子送到北美受教育，对他们来说，这私立初中私立高中私立大学的学费负担根本不算一回事，卖掉一个房子就全齐了。而人人手上都有好几个房子。很多人手上还有大宗的生意在做。相比，在国外的华人回国都给人印象：穿着土气，说话洋气，花钱小气，已经入不了有钱有房有闲的国内朋友的眼了。但是，能在美国开出版社，却是相比于在中国来说最大的优势。

如果呆在中国的话，这辈子都不要做开一个出版社的梦了。

朱莉最初在纽约大学读的本来就是出版专业，但是由于那时与庞蕤和庞文彬两地分居，照顾不了孩子的学习，孩子开始天天不做作业，老师的评语里都写着：经常不做作业。再加上纽约大学的学费太贵，还得自己租房，还得上英语班。才坚持了一个学期，朱莉就很现实地决定不再读下去了。

后来，读了乔治华盛顿大学的全时 MBA，毕业后又恰逢金融危机。在金融行业打工的路被断裂。虽然以前国内在互联网公司工作时，是负责网站内容的，但好歹也认识公司的 IT 部门相关的工作，也会用所见即所得的网站编辑工具制作静态网页，凭着以前在 IT 行业工作的一点点经验，才一步步地转而做软件工程师的。

这次有了重新考虑以后的道路的机会，她把出版社的工作重新拾了起来。以前为了出版她自己的书，她早就已经成立了出版社的，但是，因为有全职工作，又要照顾家庭，所以能投入到出版社的时间少得可怜。

这次既然辞职了，生活也开始重归正常。她决定要把出版社重新启动，大力发展起来。

以前收到发给出版社的来信，朱莉并没那么热情答复。现在一个机会都不放过。来信必复，而且态度很好。

在来回答复一个客户的几十次来信后，那个挑剔的客户终于决定在她的出版社以较低费用的方式出版她的诗集。

终于有了第一个客户，后来，就又有了第二个，第三个，第四个。不知不觉中，居然业务做了起来。挣的钱与做软件工程师当然是没法比的，但是，这是她自己的企业，前景还未展开，还有潜力可挖，而且，时间上的自由也是她最珍惜的。再说，她还有时间自己写些小说。

她甚至去邮局申请了一个专门的邮箱，又购买了一千本书的版号，买了打印机，切纸机，封装机。

这时，庞文彬突然要回来了。当然不是他自己想回的，而是他公司总部的老板让他回来的，因为总部开发出了一个新产品，想让他看看。

倒是也好，至少朱莉的父母都希望庞文彬回美国一家团聚，已经差不多两年未回美国了，父母都不希望他们的婚姻有什么变化，特别是在这几年艰难的时刻。他来过一次，朱莉总算在父母那儿也能有个交待。

回来后，朱莉就渐渐地把各种经历的离奇的遭遇跟庞文彬说了。庞文彬自是不信。但当朱莉说，那个无线监控器的警报声会从电话机上传来，而不是从监控器上传来时，庞文彬拿起电话的听筒听了一下。

"电话已经不好使了，已经打不进来电话，也打不出去电话了。"朱莉告诉他，"以前还好使的，某一天开始就不行了。不知是电话坏了还是什么线路坏了？"

庞文彬说："电话坏了，可以换的。"

然后庞文彬就开始捣鼓那几个电话，发现只要把电话接到地下室的总线那儿，就好使，但如果直接从墙上的电话线接过来，就不好使。

"可能那些人搞来搞去的，最后把电话搞不回去了。"庞文彬开始相信朱莉说的话了。

那天，庞文彬从公司下班，很神秘地告诉朱莉："我公司老板被政府部门查了，还正在查。"

他开始相信朱莉说的那些事，在他看来不可能发生的事，都可能都是真的了。

他公司的老板是个香港出生但在美国受的高等教育的华裔。如果政府部门正在针对华裔老板做些什么监控，那么作为华裔的朱莉受到的种种遭遇那也可能是真的。

而且，电话的故障就在这儿放着呢，这是他亲眼看到了的。

而且当朱莉说到无线监控器上看到的是两辆警车的事，庞文彬重复让朱莉确认了好几次，若有所思的样子。

以前朱莉家进了小偷后曾买了一个监控器一个报警器，都是庞文彬在设置，报警器由于经常发出虚假的报警声后停用了。另一个监控器则一直都是他在控制的。原来，一直放在微波箱的旁边，正好对着厨房和早餐室。后来因为各种奇怪事件开始后，朱莉怀疑是庞文彬在监控她们，就把那个监控器拨了，进而放在厨房面对后院的窗台，让它可以监控后院。

所以，这时，朱莉很想问他："在监控录像中曾看到什么？是不是也看到过一些很奇怪的事？"就像朱莉在监控器上看到的两辆警车一样，实物却只是一辆普通的车子有着奇怪的影子这样奇怪的事。

但庞文彬却一副不想说，但有所领悟的样子。所以朱莉也就不再追问下去了。

后来，朱莉告诉他："丽莎说我们对面的邻居是FBI。"

又告诉他斜对面那家原来房产中介马娜的儿子离世的事后，庞文彬就开始不愿意听到任何类似的事，类似的猜想。

朱莉再提类似的事，他就说她："根本没有的事，什么监控，什么次声波，根本没发生过，那是因为你疯了，所有的事都只是发生在你的大脑里。"

这句话差点把朱莉气疯。

朱莉说："那你亲眼看到的电话不好使了的事吧。电话根本没坏，就是打不出去也打不进来了，接到总线那儿就好使了。"

庞文彬说："我们小老百姓，有什么可以被关注的事。事情过去了，那就算了。现在我们就好好生活，你要多锻炼身体，把身体搞得好些才是正事。"

庞文彬呆了二个月，就回去了。

朱莉继续做着她的出版社业务。AltitudeX 公司仍然时有信来，因为朱莉的 401K 仍然在那家公司，这些信抬头虽然是那家公司的，但实际上信应该是由 401K 的公司寄出的。

朱莉及其讨厌看到 AltitudeX 公司的来信，因为这会勾起她不愉快的记忆。

她只想把那家公司及帕特尔博士都忘了。

但是，某一天，那封信里写着，AltitudeX 公司虽然正在被另一家公司的收购过程中，但是不影响她的 401K 帐户云云。

啊，原来那家公司要倒闭了。这才一年多的时间。看来，那家公司后来确实也发生了很多事。

这时，她才有点兴趣去查了查 AltitudeX 公司的消息。她坐在自家的书房，用重新格式化了的笔记本电脑查询关于那家公司的新闻。

她现在已经开始重新用起了 Google，曾经一度，她都拒绝再用 google，是因为 google 搜索也发生了一些离奇的事。比如，当她用 20878 的邮编号码搜索气象。20878 的邮编是两地共用的邮编，它可以是 Gaithersburg，也可以是 North Potomac，但是用 Google 搜索出来总是显示：No Potomac。以前不是这样的，以前一般都会显示是 Gaithersburg，因为 Gaithersburg 更有名一些，North Potomac 只是一个行政区域，镇政府是没有的，用的是 Gaithersburg 的镇政府。Gaithersburg 范围更大一些，而 North Potomac 只是里面的一部分。因为 North Potomac 的学区好，所以住在 North Potomac 的人更愿意把自己所住地称作 North Potomac 而不是 Gaithersburg。但是不管如何，不可能产生搜索结果为：No Potomac。Potomac 是另一个镇名，朱莉所住的地方虽然是 North Potomac，但与 Rockville 及 Potomac 及 Gaithersburg 都毗邻。所以 GPS 的定位很可能是下面四个位置的一个：North Potomac, Gaithersburg, Rockville 或者 Potomac。就是不可能显示 No Potomac。但 Google 搜索却分明显示着 No Potomac。

而当它用 Bing 搜索 20878 时，Bing 就会显示要不 Gaithersburg，要不 North Potomac。

这说明了什么？这说明有人改动了 html 文件。朱莉是做前端工程师，知道用 Javascript 程序改动 html 文件是一件很容易的事。但是，是谁在运行这个 Javascript 程序？要么是 Google 的工作人员，要么是那些相应的拥有很高权力和很高科技的相关神秘部门。

这也是她被不明势力监控的一个证据。但是，现在既然把一切都当作正常了。她开始正常的生活，她也就不再去想那件令人迷惑的事了。

见怪不怪，其怪自败。这是她目前的人生态度。

更何况学了《金刚经》后，对人生的幻相也有了更深一步的体会。如果一切都是虚幻的，在虚幻之上再添加些虚幻，也仍然不过是一个幻相而已。

然后，就看到了二个令人震惊的新闻：

帕特尔博士被捕及被捕后在监狱中自杀身亡。

是他杀还是真的自杀？

这些年头，发生了很多起离奇的自杀案，都让人怀疑并不仅仅只是自杀那么简单。看来，被自杀并不是一件很难的事。这几年来，很多关键人物都在关键时刻及时地自杀，从而让所有本就可揭开的谜语重新进入迷雾。

宁做太平犬，不做乱世人。现在真的是乱世呢。

帕特尔博士的自杀带走了什么秘密？他为什么要自杀？他到底做了些什么？

尽管朱莉早就怀疑和痛恨他对部下的监控，尤其是对她的监控，也痛恨由他而引起的发生在她身上的一起起离奇的事，如果不是他，她一定一直过着普通忙碌的太平日子。

朱莉对他的印象最初是挺好的。面试的当日他就拍板要了她，定下了薪水。让她不必再熬过一星期等待面试结果。那时，他是坐着的，她没觉察他其实很矮。

报到的第一天，她按公司的正常时间到达 AltitudeX 公司，办完入职手续时，他还未到。人事部让她在她的电脑所在的位置安置下来，并等待他。

他朝朱莉走来，朱莉并没认出他来。她看到一个很矮，长得有点丑的人向她打了一个招呼，她没反应过来。表情可能有点淡漠。

她的反应有点刺伤了他。他有点不自信起来。

朱莉也于此同时，反应过来了，他就是她的上司，上次面试她的人。"啊，上次见到他好像没那么丑啊，也没那么矮。"心里飞快地划过这么一个想法。很快意识到，上次面试时，他是坐着的。而她因为面试一惯紧张，口干舌燥，其实也没注意到他具体到底长得什么模样。

朱莉脸上马上展现了笑脸："帕特尔博士？"

他的脸放松下来。不自信的表情不见了。

后来，才没工作三个月，朱莉要回中国，他也很快地批复了。虽然那时候，她的假期还未积累那么多，他允许朱莉用未来的假期补上。

是从收到那封她不应该收到的信开始的，她开始怀疑他在监控她，而且在用她的账号进入她的电脑。那封信的产生是因为他没有及时退出她的帐户，而以为他已经在他自己的帐户才可能产生结果。而他好像也知道了朱莉觉察出他在监控和用她的帐号，从那次事情开始，一切都走向了事与愿违的去向。

他开始渐渐露出了他不善良的一面，好像他那儿发生了什么事，是很大的事，不是小事，好像他打定主意要让朱莉做他的替罪羊。

想到他后来竟然能变成这么坏，竟然让一个无辜的人，一个他监控的受害人去当他的替罪羊，朱莉又觉得这个人是没法被原谅的。她也一辈子都不准备原谅他。

一个人，从一个好人，到变成一个坏人，他经过了什么转折？他内疚过吗？他后悔过吗？他是一开始就是坏的，还是本质是好的，只是变了？

他的转变的过程对朱莉而言，是一个黑箱子。

她的及时辞职，让她脱离了当替罪羊的命运。所以他只能自己去顶自己做的什么事了？

那是什么事？是他的事引起的 AltitudeX 公司的破产吗？那个前不久还一直快速发展的公司，怎么说破产就在一年多期间破产了？

朱莉离职时，对 AltitudeX 公司和帕特尔博士都是厌恶的。这当然更多是因为那份工作对她造成的伤害。当她提出辞职时，朱莉知道那家公司是巴不得她早日提出辞职的，而不是要追究帕特尔博士监控无辜员工的过错。

但死亡的惩罚却还是太重了一些。一家公司破产了，它还可以被收购，一个人死了，却再也不能复生。

朱莉以为她应该把她遇到的离奇的遭遇当作一场恶梦，现在梦已经醒了，她已经对她的遭遇有了一些推断，有了一些结论，而她也开始过上了正常的生活，事业也渐渐发展起来，更重要的事，现在她拥有时间上的自由。

她愿意从此把那些事情都放下，重新开始新的生活，过一个正常人的生活。平凡的健康的普通的生活。

但帕特尔博士的死亡却好像在提醒她，她远未了解事情的真相。

这时，像每次她坐在书房写作的时候，那个跑步的人又一次跑过她的窗口。这是一个程序吗？每次她坐在书房时必须要运行的程序？还是因为她书房的位置比较特殊，一般的监视器材无法到达，所以必须得有一个人跑过窗口才能监视到她？

那么，其实她依然是被监视中？

尾声

时间永远向前。又是一年，二零二二年了。

朱莉决定她的生活终于某种程度上恢复了平静。她重新工作，身体也重新变得健康。

以前的种种经历都好像是一场梦似的，在阳光明媚的时候，朱莉咪起眼睛，总觉得发生过的一切都是不可能的。

那个平常的一天，是个微雨的早晨。上班路上，朱莉的车在十字路口停了下来。

一个长着胡子衣衫褴褛的老人向她走来。朱莉从钱包里抽出一美元，摇下车窗，准备递给他。

他却冲她一顿乱喊："帮我找到地球园的出口，帮我找到地球园的出口！我已经在里面困了十年了。我后悔当年三零一二年时私自从航空巡园号上跑下来了。"

看来此人疯了，朱莉说："什么地球园，什么三零一二年？现在是二零二二年，十年前是二零一二年。"

"不是的，不是的，你不是也是知道的吗？你看我们手上都戴着一样的珠子，这就说明我们与地球园的人是有区别的。现在是三零二二年了，二零二二年是地球园里的时间。"

"老人家，你在胡说什么？"

"地球园里展示的都是一千年前的地球人，所以这儿才是二零二二年。我没胡说。我不想呆在地球园了，这儿太无聊。我知道你知道出口的，只有手上戴着这种珠子的人才不是地球园的人。告诉我出口，告诉我出口！"

这时，一辆警车停在了朱莉边上。走下一个浓眉大眼的警察，对朱莉解释："他是从疯人院里跑出来的，别听他的，我现在就把他带走。"

说完，就把老人拉扯进了警车。拉扯的过程中，老人一只手还在那儿挥舞着一直冲朱莉喊："告诉我出口，告诉我出口！"

朱莉发现那个警察就是家对门的邻居何塞的儿子。

他的左手腕上也有二串与她一模一样的珠子。与老人的手腕上二串珠子一模一样的。

朱朱莉